Emma, Cobra e a garota de outra dimensão

Maria Freitas

Emma, Cobra
e a garota de
outra dimensão

1ª edição

Galera

RIO DE JANEIRO

2024

CIP-BRASIL. CATALOGAÇÃO NA PUBLICAÇÃO
SINDICATO NACIONAL DOS EDITORES DE LIVROS, RJ

F934e   Freitas, Maria
        Emma, Cobra e a garota de outra dimensão / Maria Freitas. - 1. ed. - Rio de Janeiro : Galera Record, 2024.

        ISBN 978-65-5981-386-5

        1. Romance. brasileiro. I. Título.

23-87093   CDD: 869.3
                            CDU: 82-31(81)

Meri Gleice Rodrigues de Souza - Bibliotecária - CRB-7/6439

Copyright ©

Todos os direitos reservados.
Proibida a reprodução, no todo ou em parte, através de quaisquer meios.
Os direitos morais da autora foram assegurados.

Texto revisado segundo o Acordo Ortográfico da Língua Portuguesa de 1990.

Direitos exclusivos de publicação em língua portuguesa somente para o Brasil adquiridos pela
EDITORA GALERA RECORD LTDA.
Rua Argentina, 120 – Rio de Janeiro, RJ - 20921-380 - Tel.: (21) 2585-2000, que se reserva a propriedade literária desta tradução.

Impresso no Brasil

ISBN 978-65-5981-386-5

Seja um leitor preferencial Record.
Cadastre-se e receba informações sobre nossos lançamentos e nossas promoções.

Atendimento e venda direta ao leitor:
sac@record.com.br

Para Koda,
que leu minha mente quando eu estava presa em outra dimensão.

Parte 1

Emma, Cobra e a criatura da parede

Parte 1

Emma, Cobra e a criatura da parede

Capítulo 1

Emma

Minha parede é doida!

Não tenho outra palavra para definir o que acontece nesse conjunto de tijolos, cimento e tinta que fica atrás da cabeceira da minha cama. É sério! A parede *fala* comigo. Não consigo entender as palavras, é óbvio, mas dá para distinguir nitidamente uma voz dentro dela. Quando contei para minha irmã que a parede falava, ela disse que devia ser alguém do lado de fora conversando ou falando sozinho.

O problema é que minha família mora no fim da cidade. Literalmente. É a última casa da rua, na última rua da cidade. Ninguém vem até aqui para fofocar sobre a vida dos outros, por Deus! E, apesar de a minha parede ser externa, é impossível que alguém do lado de fora da casa esteja falando comigo. Esse foi o meu primeiro pensamento. Sempre que eu ouvia qualquer ruído, saía correndo para fora de casa. Mas nunca havia ninguém. Porque não *há* ninguém.

Eu *sei* que é a parede.

Ou alguém preso *dentro* dela.

Não sei como, só sei que é assim!

E sei também que tudo isso aconteceu depois do dia 8 de janeiro, quando aquele maldito objeto estranho cruzou o céu, deixando uma marca cor-de-rosa no azul-clarinho. Aquela marca demorou horas para sumir e, quando sumiu, *coisas* aconteceram. A última delas foi que, dois dias atrás, minha parede começou a falar.

Tudo bem, ela não fala, *fala*. Na verdade, são apenas ruídos, como se alguém estivesse muito distante, preso em algum lugar, gritando, arranhando, querendo sair.

Pensar que talvez exista uma entidade agarrada nos tijolos da minha casa me apavorou no começo. Mas é tanta coisa estranha acontecendo na minha vida ultimamente que quase nada mais é capaz de me assustar. Se for um fantasma? Ótimo. Se eu estiver perdendo o controle da minha mente? Ótimo também.

Quando a professora grita o nome de um aluno, eu desperto do transe. Às vezes, minha mente se perde nessas divagações. Já fui chamada na diretoria catorze vezes desde que o meteoro caiu. Eu acho um exagero. Sério. Tudo bem que as minhas notas despencaram, mas as notas de qualquer um despencariam se tivesse acontecido o que aconteceu comigo. Fora que continuo sendo uma das melhores alunas da escola. Minhas notas baixas são equivalentes às notas altas da maioria dos meus colegas.

Mas você não é como seus colegas, minha mãe não cansa de repetir. E todo mundo nessa escola parece concordar, porque qualquer distração minha é pior do que as bombinhas que o pessoal do segundo ano vive colocando no banheiro. Nenhum deles foi mandado para a diretoria catorze vezes, né? Já eu...

Alguém dá uma risada debochada e o timing me faz acreditar que a pessoa riu de mim, o que sequer faz sentido, porque, até onde sei, ninguém aqui ouve pensamentos. Se bem que...

Olho para a frente e vejo apenas as lentes espelhadas dos óculos escuros e redondos do Cobra me encarando. Na verdade, vejo meu reflexo neles. Mesmo de longe, meu cabelo cor-de-rosa se destaca.

Cobra está com um sorrisinho no rosto que me faz revirar os olhos. *Garoto estranho... Ah, não, não é um garoto. Pessoa. Pessoa estranha.* Corrijo meus pensamentos e vejo Cobra rir e se virar.

Tenho que admitir que essa pequena interação não foi nada normal. Mas o que está normal depois que aquele meteoro caiu? Minha parede, por exemplo... Ela fala!

Capítulo 2

Cobra

Tem alguma coisa muito errada com essa garota.

Os olhos dela estão sempre vagando, ela não consegue focar no que a professora diz e tudo em que pensa é em uma porcaria de parede desbotada, rachada e cheia de marcas de infiltração. Aposto que os ruídos que ouve são do encanamento velho daquela casa caindo aos pedaços onde ela mora.

Mas até que é divertido ouvir as teorias absurdas da Emma, muito mais divertido do que prestar atenção nessa aula chata.

— História do Brasil é o meu...

— O que você disse, *****? — Esse não é o meu nome, então não é comigo que a professora está falando. O que está *morto*, está *morto*. Não deveria ser tão difícil assim de entender e respeitar. Ignoro o que ela diz, cruzo os braços e me afundo ainda mais na carteira. Ela fica me olhando, esperando uma resposta que nunca terá. — *Cobra* — corrige. Agora sim eu presto atenção, e então repete a pergunta: — O que você disse?

— Que essa história aí não é a verdadeira. — Aprumo as costas e a encaro, em desafio.

— Nós já conversamos sobre isso. Não vamos entrar nessa discussão de novo! — decreta.

— Ok. — Descruzo os braços e relaxo os ombros.

Sei que não é culpa dela que os livros que esse governo bosta enviou sejam um lixo, mas mesmo assim...

A professora vira as costas para mim e começa a escrever algo no quadro. Ninguém anota. Está todo mundo cochichando sobre assuntos que não me interessam. Todo mundo menos Emma, que continua perdida nos próprios pensamentos, tentando encontrar uma justificativa para a tal parede falante... *Essa garota, sinceramente!* Sorrio e volto a cruzar os braços, mas não consigo deixar de ouvir o que ela está pensando.

Sei que, se me aproximar mais, posso conseguir entrar melhor em sua mente. Só que é muito arriscado. Ainda não sei lidar direito com esse... *poder*. E se Emma perceber e me achar ainda mais estranho do que já acha? E se me detestar mais do que já detesta? Tudo bem que a culpa é quase toda minha, mas é a Emma, minha (ex) melhor amiga!

E preciso admitir: achei muito legal ela se esforçar para não ser transfóbica nem em pensamento. Ninguém faz isso. Nem minha mãe nem os professores. Ninguém. Nem mesmo as pessoas que se dizem minhas amigas. Emma respeitou meu pronome mesmo na privacidade de sua mente, e pensar nisso faz com que eu me sinta culpado.

Eu não devia ficar ouvindo os pensamentos das pessoas, mas, como o bom não binário fofoqueiro que sou, fico.

De repente, um pensamento dela me atinge em cheio: *E se a criatura não estiver necessariamente presa na parede e, sim, em uma dimensão paralela?*

— Ou *entre* dimensões paralelas! — ela deixa escapar, em voz alta.

Olho para trás. De onde ela tira essas teorias, cara?

Emma olha em volta, constrangida, os dois coques do cabelo cor-de-rosa balançando de um lado para o outro, acompanhando o movimento da cabeça. A cor combina com o marrom-escuro de sua pele, com o rosto marcante e a sobrancelha cheia. E os olhos... Tudo nela é *tão bonito*.

Então percebo que esses mesmos olhos estão me encarando. Não leva nem um segundo para se desviarem, mas não ligo. Ninguém consegue me encarar por muito tempo mesmo. Acho que os óculos escuros repelem as pessoas, fazem com que eu pareça misterioso. Talvez eu seja uma grande incógnita para todos. Deve ser estranho olhar para alguém e não conseguir tirar nenhuma conclusão sobre a pessoa. Não que a gente deva ficar concluindo coisas sobre as pessoas, né?

Ainda estou olhando para Emma quando ela se vira bruscamente para mim e diz, com a voz rouca e bem desaforada:

— O que foi? Perdeu alguma coisa aqui?

É minha chance de me aproximar, ser antiético e ouvir melhor os pensamentos dela. Então me levanto, arrasto a cadeira para perto de Emma e me sento, colocando os cotovelos sobre sua carteira e me inclinando um pouquinho para tentar igualar nossa altura, o que é impossível.

— Quem deixou você colocar seus braços magrelos aqui, Cobra?

Eu os retiro.

— Nossa! Você já foi mais simpática...

A professora faz um "xiu", mas ninguém se cala. Eu mesmo nem me abalo.

— E você já foi menos folgado — cochicha, se aproximando de mim. Sinto seu perfume doce e sou atingido por uma sensação de vazio e nostalgia. — Cê quer alguma coisa?

Quero perguntar sobre a parede, mas não sei como fazer isso.

— Achei que estivesse falando comigo antes... — minto, deixando de encarar os olhos escuros da Emma.

Por um breve instante, tenho medo de que ela consiga ler mentes também. O que ela pensaria sobre o que sinto quando estamos assim, tão perto?

— Eu não estava — retruca, seca.

Reviro os olhos. Não sei por que tento ser simpático. Mentira, sei sim.

— Tudo bem, então! — Eu me levanto e começo a puxar minha cadeira de volta para o lugar, mas o pensamento dela me faz parar.

Não sei por que ele está tentando puxar assunto comigo agora!

Volto a me sentar.

— Olha, sei que fui muito babaca no começo do ano...

— Ah, jura? — Ela quase grita.

A sala inteira olha para nós, mas depois todos voltam às próprias fofocas enquanto a professora segue escrevendo no quadro.

— Me desculpa, tá? Eu só não sabia como lidar...

— Não precisava ter parado de falar comigo do nada, né?

— Isso foi há meses, Emma! Tanta coisa mudou...

— Mas só agora que seus amiguinhos te deram as costas é que você vem puxar papo comigo.

— Isso não é justo! — Eu me levanto, chateado.

— Não?

Fico puto, então grito:

— Vim aqui te oferecer ajuda com essa sua bendita parede, mas você é muito ingrata!

Só percebo que falei besteira depois que as palavras saem da minha boca. Ops...

— Você o quê? — Ela arregala os olhos.

A sala inteira está prestando atenção em nós.

— Uh, elas estão brigando... — Miltinho debocha.

Sinto vontade de esfregar a cara dele no piso descascado do pátio.

— Cala a boca! — grito.

— Pessoal, o que é isso? — A professora anda até o meio da sala, com os braços abertos. — Minha aula virou bagunça? Vamos copiar a atividade. Ela vai valer cinco pontos.

— O quê?! — todo mundo berra.

— Eu, se fosse vocês, correria para copiar. Só faltam vinte minutos pra acabar a aula.

Solto o ar e me sento na cadeira, de volta ao meu lugar.

— Do que você estava falando? — Emma pergunta baixinho, inclinada na minha direção. — Que parede?

Já estou no inferno, vou abraçar o capeta.

— A do seu quarto.

Ela continua me encarando, confusa.

— A que fala, Emma. A parede que fala!

Capítulo 3

Criatura da parede

A cidade é quase a mesma.

Reconheci os blocos da rua principal, a igreja, a farmácia do seu Tico. Mas tem muita coisa nova por aqui, muito mais casas e casas com mais andares. Há fachadas de lojas por toda parte, três construções que parecem um bar, mas têm placas de igrejas. Não consigo afastar de mim a sensação de conhecer esse lugar como a palma da minha mão e, ao mesmo tempo, me sentir uma forasteira.

Mas até o sentimento de estar deslocada seria aceitável se... se tivesse *alguém* nessa bendita cidade! Qualquer pessoa. Qualquer uma. No entanto, tudo o que vejo quando olho em volta são as ruas vazias. E estou presa aqui, sem conseguir sair, sem ter como pedir ajuda.

Faço, pela centésima vez, o caminho entre a praça e a última casa da rua, e da cidade, onde eu morava quase uma década atrás, antes de a minha tia se mudar e me levar junto. Entro na casinha pequena. Para a minha sorte, ninguém tranca as portas no interior. Não que isso fizesse alguma diferença, pois não há nada aqui também. Nem móveis, nem gente. Só eu.

Ando pela sala onde minha mãe costumava fazer as unhas das mulheres da cidade, e olho para as minhas próprias unhas. Quando a imagem estática das minhas mãos para um pouco e elas não parecem uma mistura de versões distorcidas de si mesmas, vejo que o esmalte de duas delas já descascou na ponta.

Passo pela porta que leva ao meu antigo quarto. As paredes rachadas e infiltradas poderiam até indicar que eu estava em uma casa abandonada, mas, quando morei aqui, elas também eram assim. Arrasto as costas pela parede, até me sentar no chão.

Não era para ter dado tudo errado. Não era para eu ser um ruído preso nesse não lugar que parece a minha casa mas não me pertence, e eu não pertenço a ele.

Eu só queria sair daqui.

Capítulo 4

Emma

Eu odeio esses malditos óculos espelhados que o Cobra usa. É como se me impedissem de entender o que ele está pensando, como se estivesse se escondendo. O que é irônico, considerando que agora ele finalmente pode ser ele mesmo.

— Então qual é o plano? — pergunta.

Estamos subindo a rua principal rumo à minha casa e minhas pernas doem cada vez que piso no chão, mas já me acostumei com isso. Precisamos andar na calçada, porque o caminho está bastante movimentado hoje.

— Não tenho um plano. Você que se ofereceu para me ajudar com... meu problema.

Continuo irritada por tudo o que aconteceu no começo do ano e ainda por cima por Cobra se recusar a me contar como sabe sobre minha parede. Estou presumindo que ele possa ler mentes ou adivinhar coisas e vou seguir achando isso até saber a verdade.

— Oκ. — Ele para na minha frente e me encara, me obrigando a parar também. Odeio quando faz isso. — Antes de qualquer coisa, precisamos conversar sobre o que rolou entre a gente.

— Discordo. — Eu o empurro de leve e volto a andar.

— Qual é, Emma? Por que você é tão difícil? — Cobra tenta me acompanhar, então ando ainda mais rápido, sem esforço algum. *Por que eu sou difícil?* Esse... *ser humano* deve ter uma memória muito curta. — Calma aí, Emma. Me espera! — Ele corre para seguir meu ritmo.

Paro quando já estamos perto da minha casa.

— Você quer falar sobre o que rolou? Tem certeza?

Duvido que realmente queira. Cobra hesita por um momento e parece que está me lendo. Eu queria saber se essa suposta sensibilidade à luz que ele desenvolveu misteriosamente este ano é verdade ou se está escondendo algo por trás desses óculos.

— Eu quero. E também quero te mostrar uma coisa.

Ele volta a andar em direção à minha casa, abre a porta, entra e vai direto para o meu quarto, que ele sabe muito bem onde fica. Quando vejo, Cobra já está deitado na minha cama.

— Mas você é folgado demais! — resmungo, me jogando na cama ao lado dele.

— Desculpa, é o costume. — Ele se senta, de modo a conseguir me encarar.

— Dez meses que você não pisa aqui e ainda está acostumado?

— Você nem imagina o que rolou comigo.

Cobra começa a perder o tom sereno que sempre me irritou. Reviro os olhos. Ele também não faz ideia do que rolou comigo. É quando ele franze o cenho, em uma expressão de quem está tentando entender o que acabou de ouvir, que eu finalmente entendo.

— O meteoro — sussurro.

Há quanto tempo você consegue ler mentes, Cobra?

Eu me sento com os braços cruzados sobre a barriga bem na frente dele.

— Os ruídos começaram em janeiro e foram ficando cada vez mais fortes. Mas faz poucos dias que passei a ouvir os pensamentos de uma forma limpa, a ponto de conseguir distinguir quem está pensando o quê.

Dou um tapa no braço dele.

— Você anda ouvindo o que estou pensando? — pergunto o óbvio, só porque não consigo conter a indignação.

— Não dá pra simplesmente reprimir. Tentei e ficou pior. Lembra aquela semana que faltei aula? Eu... Mas espera aí — ele se interrompe, arregalando os olhos. — Como você sabe?

— É você que lê mentes, adivinha aí...

— Eu leio mentes, não adivinho coisas.

Ele é um idiota! Reviro os olhos de novo. Não sei como tenho paciência.

— *Como você sabe?* — repete, com mais veemência.

— O meteoro me afetou também.

— Como?

Não respondo. Um ruído na parede prende a minha atenção. E a do Cobra também.

— Você ouviu? — Encosto as mãos sobre a tinta branca descascada.

— Sim, mas... não consegui entender direito. — Ele coloca a mão na parede, bem ao lado das minhas. — Parece que está longe, não consigo...

Eu me afasto, frustrada, e me jogo de costas na cama. Cobra se deita do meu lado.

— Ouvi você pensando que o ruído às vezes fica mais forte. Talvez eu devesse esperar...

— Aqui?

— Você quer que eu espere lá fora? — Ele se vira de lado, apoia a cabeça na mão e me encara.

— Por que você nunca tira esses óculos? — Toco a lateral da armação. Parte da minha pele encosta na dele. Cobra segura minha mão, pressionando-a de um jeito que não consigo retirá-la. Estamos tão perto...

— Depois que o meteoro caiu, ouvir ruídos não foi a única coisa que aconteceu comigo — ele explica, em uma voz fraca, e solta minha mão. Os sons na parede estão mais fortes, mas os ignoro. Sinto o coração acelerar quando puxo os óculos do rosto do Cobra devagar. — Por favor, não se assuste.

Ele está com os olhos fechados, mas vejo algumas manchas amarelo-esverdeadas logo abaixo deles. É por isso que usa óculos tão grandes.

— Pode abrir, não vou me assustar — falo baixinho, mas minhas mãos estão suando de apreensão.

Ele respira fundo antes de tomar coragem e abrir os olhos. A parte que deveria ser branca está toda preta, e as íris da mesma cor das manchas nas olheiras: amarelo-esverdeadas. As pupilas não são mais redondas, agora estão mais finas e esticadas.

— Parece...

— Olho de cobra — ele completa.

Prendo a respiração por um instante. Eu jamais acreditaria no que estou vendo se não fosse pelo lance com as minhas pernas.

— O que tem as suas pernas?

Dou um tapa no ombro dele.

— Para de ler minha mente! — Eu me afasto e me levanto.

— Não dá pra evitar. — Ele se levanta também, ficando do meu lado, sem deixar que eu me afaste muito. — Você pensa muito alto!

— O quê? Você é um enxerido e a culpa é minha?

— Eu já disse que não consigo controlar. — Toca minhas bochechas e me faz encará-lo. — Mas para de fugir, o que tem as suas pernas?

— Elas estão mais fortes. Talvez não tenha dado pra notar a diferença porque eu sempre fui gorda e...

— ... sempre teve uns *pernão*...

Bato nele de novo.

— Ai, você quer parar com isso? Dói, tá?

— Agradeça a Deus por eu não ter te dado um chute, vai por mim.

— Então você tem *superpernas*?

— Nossa, só piora. — Reviro os olhos mais uma vez. — Mas o que esperar de você, né?

— Está me julgando por eu ter escolhido meu nome por causa dos meus olhos?

Estou.

— Não. — É uma meia-verdade. — O nome combina com você.

— Tá dizendo que sou venenoso ou algo assim?

Apenas sorrio e deixo o (quase) silêncio cair sobre nós. É quando o ruído na parede fica ainda mais alto. Os olhos do Cobra se dilatam, então ele coloca os óculos e sussurra:

— Tem alguém aqui.

Capítulo 5

Cobra

Realmente tem uma pessoa presa na parede da Emma. E eu que pensei que tinha estourado toda a cota de coisas absurdas para uma vida inteira.

Estou com a orelha esquerda colada à parede. Emma também, mas já resmungou três vezes que não consegue ouvir nada.

— Não consigo ouvir nada! — Quatro. — O que você está ouvindo?

— Uma voz distante. Pode ser um pensamento, mas não sei. Parece que a pessoa está se aproximando.

— A pessoa? — Ela se afasta um pouco. — Quem disse que é uma pessoa?

— Pensa como uma pessoa.

— E tá pensando o quê?

— Não sei.

Emma revira os olhos pela centésima vez. Às vezes acho que ela não me suporta.

— Podemos falar sobre o que rolou lá na casa da árvore em janeiro? — pergunto.

— Não.

— Emma...

— Você me beijou e nunca mais falou comigo. Não tem nada pra conversar.

— Tem *muita* coisa pra conversar. Aconteceram coisas, tipo: olhos de cobra, saída do armário, poderes especiais...

— Aconteceram coisas comigo também, Cobra.

— Não me afastei porque o beijo foi ruim.

— O beijo *foi* ruim.

— Ai, por que você é tão difícil? — Respiro fundo.

— Só estou dizendo a verdade, ok? Foi um beijo estranho e cheio de medo.

Eu queria dizer que, apesar de o beijo em si ter sido ruim, o que o motivou não foi. Eu queria dizer a ela que a gente poderia tentar de novo até não termos mais medo e o beijo ficar bom. Mas fico calado. Pelo visto, Emma não sente o mesmo.

— Fiquei com medo — começo a dizer, mas um barulho forte me faz prestar atenção na parede novamente. — Ela está dizendo alguma coisa...

— Ela?

— A parede.

— Ah.

Não era para ter dado tudo errado, ouço de forma bem nítida.

— Acho que a pessoa está presa.

— Na parede?

— Não sei se exatamente *na* parede. Parece que ela, a pessoa, conhece o lugar onde está, mas ao mesmo tempo não conhece, ou não se sente... pertencente a ele.

— Quê?

— Não sei explicar, mas parece que a pessoa está em um não lugar.

— Uma dimensão diferente?

Olho para Emma. Sério, de onde ela tira essas ideias?

— Você continua assistindo muito sci-fi, né? — pergunto.

Eu só queria sair daqui.

— A pessoa está presa — constato, agora com convicção.

— Você consegue falar com ela?

— Como assim *falar*?

— Se comunicar, transferir seus pensamentos pra ela...

— Eu não sou o Professor Xavier, Emma. — Dou de ombros, frustrado. — Queria muito, mas não faço ideia de como me comunicar com essa pessoa. Se é que é mesmo uma pessoa.

— Você acabou de dizer que é uma pessoa.

— Mas não tenho certeza.

— Tenta, Cobra. Tenta falar com a criatura — ela pede com jeitinho.

Não sei se consigo negar alguma coisa para Emma quando ela fala desse jeito, o que é raro.

— Criatura?

— O *ser*. Enfim...

Volto a colocar as mãos na parede, repetindo um mantra, na esperança de que a voz do meu subconsciente seja ouvida pela criatura presa do outro lado. Depois de meia hora, me sinto um bobo.

Um bobo cansado.

Minha barriga ronca alto e me derrota de vez. Eu me jogo na cama, exausto.

— Já desistiu?

Emma está praticamente em cima de mim, o que não me ajuda em nada a me concentrar.

— Tô com fome. Não tem aquelas tortas de frango que sua mãe faz, não?

— Você tem dinheiro pra pagar?

— Para de ser ruim, Emma. Tô aqui pra te ajudar. Uma tortinha não vai dar prejuízo pra sua mãe.

— Vai, sim. E você não me ajudou. — Ela se deita do meu lado e se vira para me encarar. — Se você tentar mais um pouquinho, te dou um pedaço.

— Dois. E dos grandes.

— Ok.

— E outra coisa... A gente vai tentar de novo?

— Tentar de novo o quê?

Antes que eu possa responder, um ruído alto, que mais parece um grito, atravessa o quarto. Não sei o que está acontecendo, mas, definitivamente, a criatura do outro lado não está bem.

Eu me levanto depressa, pregando o ouvido contra a parede, e outro grito me atinge. Mas, dessa vez, consigo entender perfeitamente o que está sendo dito.

Por favor, alguém me ajuda!

Capítulo 6

Criatura da parede

É como se alguém estivesse me vigiando, tipo uma coceira no pé do ouvido. Sinto uma vontade terrível de correr e me esconder. Só não sei de quem ou do quê. E essa sensação continua comigo para onde quer que eu vá. É estranho.

Fico andando de um lado para o outro na cidade vazia. Descendo e subindo a rua, passando pela igreja que ainda é azul-clara, como era na minha época, mas agora tem uma cruz iluminada no topo. Me pergunto por que tem energia elétrica aqui se não há ninguém e, além disso, se invadir uma igreja para conferir é algum tipo de pecado. Será que eu deveria invadir uma igreja? Será que eu *consigo* invadir essa igreja?

Decido que preciso tentar, então verifico a porta principal, que está trancada, depois vou até o portão que dá acesso ao pátio e às portas laterais, e percebo que alguém se deu o trabalho de trancar tudo antes de... o que quer que tenha acontecido aqui.

Será que foi o arrebatamento e eu não sou digna de subir ao céu, então fiquei por aqui? Ou será que rolou alguma abdução alienígena em massa? Quanto tempo demoraria para as autoridades perceberem que todo mundo sumiu em uma cidade tão pequena no leste de Minas Gerais?

Frustrada, dou quatro tapas na grade e ouço um barulho agudo bem atrás de mim. Quando me viro, há duas pessoas me encarando. Tomo um susto tão grande que demoro a prestar atenção nelas. A mulher tem um cabelo liso e castanho-claro, cortado na altura das orelhas de um jeito moderninho que não combina muito com o terno cinza sem graça que está usando. Já o sujeito é meio grisalho e forte, tipo um ex-galã de novela das nove.

— Olá, Patrícia.

Nunca vi essa mulher na vida. Como ela sabe o meu nome?

Olho mais atenta para eles e sinto o pavor colocar uma dose extra de adrenalina no meu sangue quando observo que ambos trazem pequenas armas nas mãos.

— Quem são vocês?

— Nós podemos te ajudar a voltar para casa. — A mulher ignora a minha pergunta e dá um passo na minha direção, apontando para um aparelho na altura do meu peito e que parece ser feito todo de vidro.

— Quem são vocês? — questiono mais uma vez, recuando e encostando a coluna na grade da igreja. Só consigo focar no aparelho apontado para mim e nas armas que eles trazem.

Quando ela se aproxima de mim, me sinto tão sufocada que fecho os olhos com força, e só consigo pensar em voltar para casa.

Sinto minha pele ficar gelada e meu corpo se desfazer, como se eu me esticasse e me arrebentasse em bilhões de pedacinhos e depois voltasse a estar inteira. Abro os olhos e estou de volta ao quarto vazio que um dia foi meu.

Não sei se fugi daqueles estranhos, mas todas as minhas células gritam que tenho que correr daqui.

Então ouço algo. Tem alguém do outro lado da parede. Corro até a rua e tudo segue vazio. Volto para o quarto e sinto uma voz diferente falar na minha cabeça, como se alguém estivesse me procurando. Não me caçando, mas *tentando me encontrar*.

O ar à minha frente começa a se distorcer e vejo as bordas brilhantes de uma espécie de porta se formarem depressa. Não sei o que está acontecendo, mas não parece ser boa coisa. Acho que não tenho muito tempo. Preciso tentar seguir a voz que parece estar na minha cabeça. Sinto que é o certo a fazer. Tenho que sair daqui. Não há outro lugar para eu me esconder nessa cidade-fantasma.

Por favor, alguém me ajuda!

Capítulo 7

Emma

Fico perplexa quando a criatura se materializa no meu quarto.

Cobra sussurrou algo como "ouça a minha voz" ou "siga a minha voz" e, em poucos segundos, uma menina de cabelos ondulados e castanhos, e completamente desfocada, apareceu no meio do quarto.

Foi tipo o Noturno de X-Men. Veio do nada.

Mas, diferente do Noturno, que é azul, essa menina é só branca. Não tem cauda nem nada do tipo. Se não fossem por essas manchas arroxeadas no braço, eu diria até que não há nada de diferente nela. Tirando, obviamente, o fato de a moça não conseguir ficar estável. Juro. Parece que a alma dela fica saindo e voltando para o corpo. É bizarro!

Ela ainda está assustada e acuada no canto do quarto. Cobra tenta se comunicar, mas, até agora, nada.

Demora, tipo, uma meia hora, sem brincadeira, para alguém realmente falar alguma coisa.

— Quem é você? — Cobra pergunta, enfim.

A moça se retrai ainda mais.

— Quem são vocês? — A criatura, que agora não está mais presa na parede, devolve.

— Eu sou o Cobra. Essa é a Emma. — Ele aponta para mim e aceno. A criatura não fala nada, apenas respira de um jeito intenso e descompassado, parecendo um animal que estava sendo caçado. — Ela *estava* sendo caçada — Cobra fala baixinho, olhando para mim.

— Odeio o seu superpoder — resmungo, e ele faz uma careta. Ai, como odeio esse não binário! Cobra dá um sorrisinho. — Que é? — Por que ele me tira tanto do sério só de olhar para mim?

— Você me ama. Admite!

Pego a primeira coisa que vejo pela frente — um travesseiro — e jogo nele, e Cobra começa a rir da minha cara. Por alguns segundos, até esqueço que tem uma completa desconhecida no meu quarto.

A ex-criatura da parede está olhando para nós dois, tombando a cabeça de lado para nos observar melhor. E eu noto que o espectro inconstante das muitas versões deslocadas dela mesma está mais estável. Ela tem os olhos, tipo todas as partes deles, arroxeados, um roxo fluorescente.

— De onde vocês vieram? — ela pergunta.

— Não viemos de lugar nenhum, foi você quem apareceu aqui. Você estava presa na minha parede — digo, como se isso fosse a coisa mais normal do mundo.

— Presa na... parede? — Ela arregala os olhos. Faço que sim com a cabeça. A garota parece menos acuada. — Mas é o mesmo lugar.

— Como assim?

Cobra se senta na cama, abraçado ao travesseiro que joguei nele, esperando uma explicação.

— É que eu estava nesse quarto, só que não tinha ninguém, não tinha nada. Aliás, não tinha nada na cidade inteira.

— A gente sempre esteve aqui. — Eu hein! Não estou gostando dessa história...

— Não. Não tinha ninguém aqui — ela teima. — Eu estava sozinha até eles aparecerem.

— Eles? — Cobra se mexe de um jeito desconfortável na cama. Mas a menina o ignora e começa a andar pelo quarto.

— Nós estamos em que ano? — desconversa, olhando para mim.

— 2020 — respondo, cruzando os braços. Mas o que quero saber é *quem são eles*.

— Mês?

— Outubro.

— Dia?

— É entrevista com a Marília Gabriela por acaso? — Perco a paciência.

— Nossa, desculpa! — Ela suspira e olha para Cobra, tentando buscar apoio. — Eu só queria entender como vim parar logo aqui, nessa cidade.

— Você já conhecia? — ele pergunta, paciente.

— Já. Eu nasci aqui. — Ela se senta ao lado dele.

A silhueta da menina parece estar se estabilizando ainda mais, até as manchas arroxeadas do braço clarearam. Observo a conversa dos dois, sentindo as pernas começarem a doer mais do que o normal.

— E você tem família aqui?

— Não, mas um amigo tem.

— E ele é filho de quem? — Cruzo os braços.

— Da professora Ana e do Fernando da marcenaria. — A menina me lança um olhar ansioso. Acho que nem ela sabe direito o que está acontecendo. Olho para Cobra. Cobra olha para mim. Eu não conheço essa gente. E, pelo visto, ele também não. — Vocês não conhecem? — Ela começa a ficar desesperada.

— Não. — É Cobra quem responde.

— Talvez vocês não conheçam, mas a mãe ou o pai de vocês deve conhecer — insiste.

— Acho difícil. O Cobra é o maior futriqueiro da cidade, aposto que conhece todos os cinco mil habitantes.

Ele joga o travesseiro em mim, e dou um sorriso. Mas a menina parece ainda mais angustiada. Ela se levanta e começa a andar de um lado para o outro.

— Estamos em Santa Má, certo? — ela tenta. Confirmo com a cabeça. — O trisal sertanejo mora aqui?

— Trisal? Que trisal? — pergunto.

— Pedro, Henrique e Cris.

— Amada, o Henrique morreu!

— Quando?

— Sei lá, há uns três anos...

— Morreu não, amor — ela rebate. — Tá supervivo e fazendo um monte de live na quarentena. A última foi em agosto.

— Quarentena? — Cobra se levanta da cama, se metendo na conversa. — Que quarentena?

— Do coronavírus... — Ela estreita os olhos roxo-neon.

— Eu disse que ela vinha de outra dimensão. — Cobra se vira para mim.

— Não, você não disse.

— Disse, sim — teima.

Mas, antes que a gente possa começar nossa disputa infinita sobre quem está certo, a criatura solta um grande "ah".

— Agora faz sentido. — Volta a se sentar na cama. — Estou em outra dimensão. Não é a minha, nem a que eu estava antes, é só uma dimensão muito estranha sem corona e trisal sertanejo.

— Quando você diz *trisal*, você quer dizer *envolvimento a três?* — Cobra parece muito interessado no assunto.

— Uhum.

— Meu Deus, eu sempre soube que tinha algo naquela história...

— Ei, vocês dois. — Aceno com a mão de um lado para o outro, tentando chamar a atenção deles. — Acho que a gente tem uma parada mais importante aqui pra resolver.

— Tudo bem, Emma, mas a gente pode comer aquela torta antes? Eu realmente tô com muita fome. Acho que a Patrícia não vai sair daqui...

— Patrícia? Quem é Patrícia, gente? — Coloco as mãos na cintura, me perguntando se perdi alguma parte da conversa. Será que apaguei de algum jeito enquanto eles falavam? Não seria a primeira vez que isso acontece, mas...

A criatura da parede levanta a mão.

— Desculpa não ter me apresentado... *verbalmente.*

— Que seja. — Reviro os olhos e dou as costas. Estou começando a sentir falta da minha parede falante. Quer dizer, de quando ela era apenas uma parede falante. — Vou buscar as tortas.

Capítulo 8

Cobra

A Emma não está nada feliz.

Acho que ela realmente acreditava que o mistério da parede seria algo mais complicado de resolver ou algo sombrio que envolvesse criaturas não corpóreas de outros planetas. Mas, para o azar da imaginação dela, é só uma garota que começou a se teletransportar na mesma época em que os nossos poderes começaram a aparecer.

E acho que está muito além da nossa compreensão entender como aquele meteoro nos transformou na nova geração dos X-Men, só que no interior de Minas Gerais.

— Então, Patrícia... — Emma finalmente toma coragem de perguntar o que martelava em sua cabeça antes de sair para buscar as tortas.

Ela não está confortável sentada no chão ao nosso lado e fica esticando as costas o tempo todo.

— Trix. Pode me chamar de Trix. — A menina coloca um pedaço de torta na boca assim que termina de falar.

— Trix... — Se Emma tivesse aberto esse sorriso sarcástico para mim, acho que eu nunca mais voltaria aqui. — Você disse algo sobre *eles*. Quem são eles?

— Não sei — Trix responde com a boca cheia.

Emma olha para mim em busca de uma resposta melhor, mas a menina realmente não sabe de nada.

— É que ela estava presa sozinha em uma dimensão onde não tinha ninguém, e aí eles apareceram — explico, enquanto Trix termina de mastigar.

Isso eu já sei!, o pensamento da Emma é tão alto que faz minha cabeça doer ainda mais.

— É um homem e uma mulher — Trix revela. — Eles apareceram do nada, dizendo que podiam me levar pra casa. Mas aí, quando perguntei quem eram, eles não pareceram muito amigáveis. Sei lá, você não sai para ajudar alguém com uma arma esquisita na mão, né?

— Eles estavam *armados*? — Emma se encolhe um pouco.

— Os dois. Foi por isso que fiquei tão assustada.

— E o que você fez? — pergunto.

— Me teletransportei pra casa. Quer dizer, pra *sua* casa. — Ela olha para Emma. — Só que na outra dimensão. E aí comecei a ouvir essa voz na minha cabeça.

— O Cobra.

— Isso. E então, quando um negócio estranho começou a aparecer no ar, eu acho que era um portal, eu fechei os olhos, segui a voz e apareci aqui.

— Um o quê?

— Um portal. — Ela abre um pouco os braços, como se desenhasse um portal ao redor do corpo. — Sabe? Igual em filme.

— E por que a gente acreditaria em você?

— Porque é a verdade, Emma — intercedo.

— Que maravilha, então. — Minha amiga se deixa cair na cama, deitando com os braços abertos. — Agora tem duas pessoas armadas que abrem portais atrás da nossa querida criatura da parede.

— Criatura da parede? — Trix estica o pescoço para tentar ver Emma.

— É assim que ela chamava você — explico. — A Emma achou que você estivesse dentro da parede.

— Ah, que coisa mais sem sentido! — A intenção da Trix não é parecer debochada, mas é exatamente assim que Emma entende.

Para a minha surpresa, ela não fala nada. O que é bom, porque o silêncio que recai permite que eu escute uma conversa.

— Tem duas pessoas na parede — constato.

— O quê? — As duas dizem ao mesmo tempo.

Vou até a parede e coloco as mãos sobre ela. Dá para ouvir nitidamente o que as duas pessoas na outra dimensão estão pensando, o que me assusta um pouco. Eu não tinha ouvido os pensamentos da Trix com tanta precisão.

— O que eles estão dizen... pensando? — Trix se ajoelha na cama e coloca as mãos na parede também.

Emma continua deitada no mesmo lugar.

— Estão tentando decidir o que fazer agora. A mulher acha que consegue te rastrear.

— Me rastrear? — Trix arregala os olhos.

Não, sua inútil, ela não voltou para casa. Acho que é o homem que pensa isso.

— A moça acha que o aparelho que eles usam pra te rastrear está com defeito. Ou que tem algo muito errado com você. Mas ele tem certeza que você se deslocou para uma dimensão que não é a sua. Ah...

— O quê? — Trix bate no meu braço, ansiosa. — O que foi?

— Acho que eles são tipo uma empresa... Não, uma *associação*. Uma associação que controla as dimensões. *Pensa mais,* sussurro o pedido para a parede.

Não acredito que ela escapou!, o sujeito não está nada feliz.

— Não sei se a intenção desse povo é realmente te levar pra casa. — Respiro fundo. — Eles não têm pensamentos de mocinhos.

— E como eles me rastreiam?

— Acho que seu deslocamento entre dimensões causa alguma distorção no espaço-tempo. — Eu me afasto da parede e aponto para a pequena aura arroxeada em volta da Trix. Minutos antes, dava para ver duas versões distorcidas dela. — E eles têm um dispositivo que consegue detectar essa distorção.

— Ou seja, não consigo nem fugir, porque eles sempre vão me encontrar.

— Não sei... eu teria que me aproximar mais para ouvir melhor.

— Acho que essa parede por si só já é uma distorção no espaço-tempo — Emma sugere com uma voz grave. — Ela permite que Cobra escute os pensamentos de quem está do outro lado. Até eu, que nem leio mentes nem nada, conseguia ouvir os ruídos que a sua presença lá causava.

— Faz sentido — concordo.

— Seria tipo um portal? — Trix se aproxima da Emma. Pela primeira vez, acho que as duas não vão brigar.

— Mais ou menos. Talvez uma janela? — Emma se levanta e fica sentada de frente para Trix. — Uma janela para outra dimensão. Meio que não dá para atravessar, mas a gente consegue ver ou ouvir o que tem do outro lado.

Trix acha Emma muito bonita de perto. E está certa.

— Você já viu isso em algum lugar? — pergunto para Trix.

Os pensamentos da garota estão muito confusos, mas há algo sobre um portal entre dimensões.

— Meu amigo de infância, Maycon, me ligou uns três meses atrás, dizendo que teve um sonho muito doido onde ele e o namorado viam várias versões de si mesmos em outras dimensões. Não dei muita bola. Mas agora não sei.

— Ele deu algum detalhe desse sonho? — pergunto.

— Não lembro, só sei que tinha algo a ver com a casa onde eles moram.

— Talvez não fosse um sonho — Emma diz exatamente o que eu estava pensando.

— Eu devia ter contado para ele sobre o meu poder, mas achei que ninguém acreditaria.

— Te entendo... — Emma volta a se deitar. Trix se deita ao lado dela.

— Você também tem poderes?

Me sinto um pouco intrometido por ficar observando a cena, mas... sou futriqueiro mesmo, então continuo olhando as duas interagindo de um jeito sociável pela primeira vez.

Distraído, volto a colocar a mão na parede, e é quando um pensamento alto me atinge. É a voz da mulher.

Droga! Perdi a garota...

Capítulo 9

Trix

Tudo é estranho nessa dimensão. As escolas estão funcionando normalmente, então Emma acorda todos os dias às seis da manhã e demora o maior tempão arrumando os pompons cor-de-rosa da cabeça. Eu queria continuar dormindo no colchãozinho ao lado da cama, mas ela sempre faz muito barulho.

Ok, é o quarto dela. Mas... poxa vida, seis da manhã?

Hoje, ela acordou ainda mais cedo para lavar o cabelo, e eu desisti de tentar dormir. Assim que ela saiu, fui ajudar a tia Jana com as compras da semana.

Não gosto de mentir para a mãe da Emma porque ela é muito boa comigo, me dá tortas e nem me deixa lavar as vasilhas — embora eu saiba que deveria ajudá-la mais, a preguiça me impede —, mas tenho que mentir. Como que vou contar para essa senhora desconhecida que venho de outra dimensão? Ela vai achar que é caô ou que estou *fazendo hora* com a cara dela.

Então a gente só disse que eu era uma amiga que precisava ficar uns dias aqui em Santa Má. Óbvio que ela fez milhares de perguntas e aposto que não acreditou muito na história que a gente inventou sobre eu estar procurando um emprego nas fábricas de lingerie da cidade, mas tia Jana é realmente muito boa e me deixou ficar mesmo assim. Acho que ela desconfia que sou namorada da Emma e que fui expulsa de casa ou algo do tipo, porque insinua coisas e joga no ar informações estranhas, como a história sobre o dia em que a Emma bateu em um menino porque achou que ele tinha escrito uma cartinha de amor para ela. No fim das contas, a carta era para outra menina.

— É moda isso aí de óculos? — Dona Jana aponta para mim assim que apareço na cozinha. Coloco as mãos no rosto quase que automaticamente. — Tô vendo a hora que a Emma vai me pedir um também! — E revira os olhos.

Já percebi que esse humor é de família. Mas acho que as duas já se pareceriam bem fisicamente o suficiente se não fossem iguais na personalidade. Tia Jana tem o cabelo curtinho formando pequenos cachinhos crespos, e um sorriso bonito que me lembra o da minha mãe. Meu peito pesa. Sinto falta da minha mãe.

— Óculos são legais, tia. É estilo. — Dou um sorrisinho quando ela balança os ombros e pego a caneta e o caderninho sobre o balcão para fazer a lista de compras.

— Não gosto. Prefiro ver os olhos da pessoa e não o meu próprio reflexo. Já me vejo todo dia.

Ela começa a falar os itens e quantidades que precisamos comprar e vou anotando tudo com uma letra caprichada, porque quero agradar. Não sei por quanto tempo devo ficar por aqui. Não acho seguro me teletransportar e correr o risco de aqueles estranhos me acharem.

E está mais legal aqui do que presa sozinha na minha casa, não vou mentir.

Já estamos prontas para sair quando tia Jana me olha de cima a baixo.

— Você vai *desse jeito?* — Aponta para o shortinho jeans curto que estou vestindo.

Coloco as mãos na cintura.

— Vou, uai. É um shortinho que peguei da Liliane — respondo com uma naturalidade meio forçada.

Ainda não acredito que estou usando as roupas que peguei emprestadas de uma cantora sertaneja famosa. Tudo bem que nessa dimensão as coisas não deram muito certo para ela e a fama não veio, mas ainda assim.

Quase tive um treco quando descobri que a Emma era irmã da Lili. Infelizmente ainda não tive a oportunidade de conhecê-la, porque ela toca em barzinhos em Santa Clara e já tem tempo que não vem para casa.

E é tão estranho tudo isso. Ainda não consigo me acostumar com essa realidade que é tão parecida com a minha, mas totalmente diferente.

Ver as pessoas saindo na rua sem máscara, se abraçando na calçada, praticamente encostadas na fila do supermercado, faz meu estômago revirar. Enquanto fazemos as compras, me espanto com a naturalidade como as pessoas fazem coisas que, na minha dimensão, não fazemos mais. E, ainda que esteja ruim por aqui com a tia Jana reclamando do preço do óleo de cozinha desde que colocou duas garrafas no carrinho, não tem como comparar com o caos lá do meu mundo, com as coisas que aquele presidente fez.

Esse povo aqui não faz ideia da sorte que tem.

Capítulo 10

Emma

Minha mãe realmente acha que a Trix é minha namorada e está esperando que eu conte a verdade. Tudo bem que ela também desconfia que a Trix namora o Cobra. E que *eu* namoro o Cobra. Será que ela acha que todo mundo namora todo mundo?

Não sei se consigo guardar segredo sobre o que está acontecendo por mais tempo. Eu devia ter contado sobre minhas pernas assim que elas doeram pela primeira vez, mas não contei. Fiquei esperando o tempo passar e milagrosamente a verdade cair do céu no colo dela.

Obviamente não caiu.

Agora fico aqui me sentindo angustiada por mentir.

Cobra diz que está tudo bem. Não sei que tipo de filho ele é, mas eu não sou assim. Nunca fui de mentir para a minha mãe. Só ela e a Lili sabem que sou demissexual, por exemplo, embora eu precise explicar até hoje o que isso significa porque ela nunca entende.

— Cê tá bem? — Trix se senta ao meu lado no sofá e fica me encarando com curiosidade, esperando uma resposta.

— Tô — minto, e é uma mentira tão óbvia que faz a garota bufar.

Ainda não sei se devo confiar nela e contar qual é o meu poder. Cortei o assunto na primeira vez que ela perguntou e sigo evitando falar sobre isso. Então só finjo que estou assistindo aos comerciais da TV.

— Olha... — Ela se ajeita no sofá e encosta a mão no meu ombro para chamar minha atenção. — Sei que você não foi com a minha cara...

— Quem disse que não fui com a sua cara? — Eu me viro e vejo meu reflexo nos óculos dela. Acho que já me acostumei com isso.

— Bom, você nem fala comigo direito — Trix diz de um jeito tão simples que sinto um pouco de pena dela.

Às vezes eu não queria ser essa pessoa que fica presa dentro da própria cabeça e não consegue lidar direito com o mundo exterior. Mas sou, né? Vou fazer o quê?

— É que tudo isso é muito estranho — confesso.

— É mesmo... — Ela apoia a cabeça no encosto do sofá e olha para o teto. Faço a mesma coisa.

— Você e minha mãe se deram bem. — Solto o comentário no ar depois de algum tempo de silêncio.

— Ela parece pensar que sou sua namorada. — Trix dá uma risadinha.

— Parece mesmo... — Começo a rir também. — Minha mãe tem cada ideia!

— Fico sem graça de mentir pra ela. — A voz da garota suaviza e eu a encaro.

— É... também fico. Sua mãe sabe dos seus poderes?

Trix tira os óculos e começa a limpá-los no short jeans curtinho que está vestindo.

— Ah, não. Ela morreu. — E me olha com aqueles olhos roxo-neon.

— Desculpa! — Desvio o olhar para o teto de novo.

— Já tem muito tempo.

— Mas ainda dói, né? — Não sei por que falo isso, minha língua é muito solta quando quer.

Penso em pedir desculpas de novo, mas, quando olho para Trix, ela está sorrindo e me olhando de um jeito tão triste e calmo que parte meu coração.

— Muito. É um vazio impossível de preencher.

— Acho que consigo imaginar um pouco. Meu pai abandonou a gente tem um tempão. Quando percebi que ele não ia voltar *mesmo*, chorei por uns quinze dias e nunca mais deixei de sentir a falta dele. Acho que sinto falta do que a gente não viveu, sabe? Sonhei por muito tempo que ele ia se arrepender e ser um pai legal e aí tudo desmoronou na minha cara. Sei lá, não faz sentido.

— Faz sentido, sim. — Ela se mexe um pouco no sofá e volta a colocar os óculos no rosto. — Quando eu era criança, eu amava tudo que envolvesse espaço, as estrelas, o sol, a lua. Queria ser astronauta. — Sorri de um jeito nostálgico. — Minha mãe prometeu que ia comprar uma roupa de astronauta pra mim quando eu fizesse dez anos, acho que estava juntando dinheiro para me dar um presente bom. Mas ela morreu quando eu tinha nove. Até hoje sinto falta daquela roupa de astronauta que nunca tive.

— Eu... — Engulo em seco para não chorar. Meu coração aperta no peito. — Sinto muito.

— Agora eu viajo para outras dimensões... — Trix bate o ombro no meu, abre um sorriso e começa a tagarelar sobre como descobriu que tinha superpoderes.

Pergunto se ela sente alguma dor, sem mencionar como minhas pernas doem, e ela diz que não, antes de voltar a tagarelar sobre a dimensão dela, a pandemia que parou o mundo, o isolamento social em que está há meses. E acho que, sem perceber, abri uma porta que não costumo abrir, e deixei que ela entrasse com suas histórias.

A verdade é que sempre gostei de ouvir a criatura da parede, ainda que não fizesse ideia de quem ela era ou do que estava falando. E acho que vou sentir muita falta dessa voz se um dia ela tiver que ir embora.

Capítulo 11

Cobra

Emma e Trix estão parecendo duas amigas que se conhecem há anos. De um dia para o outro, elas começaram a conversar e não pararam mais. Parte de mim sente um pouquinho de ciúme. Não, ciúme não. Inveja. Queria passar mais tempo com elas a ponto de me aproximar assim. Mas tenho que voltar para casa todo dia antes de anoitecer, senão minha mãe me mata.

Eu deveria contar a ela sobre a Trix vir de outra dimensão, porque quero que ela me entenda, e sei que isso nunca vai acontecer se eu não me apresentar todos os dias.

É estranho ser a mesma pessoa de antes e, ainda assim, ser uma pessoa totalmente nova.

Entro em casa só quando minha mão já se acostumou com a grade fria do portão. Tenho essa mania de parar aqui e respirar fundo antes de encarar as coisas lá dentro.

Espero chegar ao quarto para tirar o binder e os óculos, mas estou tão distraído que a perninha bate na minha orelha e cai no chão, fazendo um barulho oco. Não parece que as lentes quebraram, então simplesmente os deixo lá.

Minha cabeça está zumbindo mais forte hoje. Não consigo ignorar.

Me jogo na cama, passando as mãos pelo rosto, totalmente exausto. Sinto que as escamas abaixo dos meus olhos estão maiores. Será que a Emma gostaria de mim se meu corpo inteiro fosse coberto por escamas?

Será que a Emma *gosta* de mim?

Um medo infantil passa pela minha cabeça: e se eu estiver virando uma cobra de verdade, tipo naquele filme que não deve ser nomeado?

Ouço três batidinhas leves na porta de madeira antes de a minha mãe abrir uma fresta e me encarar com seus olhos pretos. Meu cabelo era igual ao dela antes, longos fios crespos que se enrolavam tanto que pareciam ter dez por cento do tamanho real. Queria ter puxado mais características dela, a pele negra em um tom escuro de marrom, os lábios cheios e os olhos grandes. Mas acabei herdando muito mais da genética do meu pai, incluindo os olhos esverdeados e a pele bem mais clara. Bom, meus olhos *eram* esverdeados, né? Quando eles pareciam olhos humanos.

— 'Cê tá bem? — Ela tenta soar menos adulta do que é. Não cola muito.

— Tô de boa.

Desde que apareci em casa com uma dor de cabeça insuportável, os olhos vermelhos e a pele abaixo deles irritada, minha mãe nunca mais me tratou do mesmo jeito.

Eu me lembro que, desde que o meteoro caiu, minha cabeça não parava de doer. Achei que fosse porque estava dormindo mal por ficar passando e repassando o beijo que dei em Emma, e minha fuga desastrosa, e meu medo de contar para as pessoas que eu não era cis, e de como elas iriam reagir, me tratar e me olhar dali em diante.

Chamei minha mãe em um canto e expliquei para ela detalhadamente o que era uma pessoa não binária, o que ela não entendeu. Por fim, contei que eu era uma pessoa não binária e que gostaria que ela me chamasse por pronomes masculinos, o que ela entendeu menos ainda, tadinha. E, de fato, a pressão na minha cabeça diminuiu um pouco no momento em que ela disse:

— Você sabe que sou lenta pra essas coisas, não sabe?

Respondi que sabia. Então ela emendou:

— Mas eu sempre soube que você era diferente das outras crianças. — E passou a mão no meu rosto. — Depois me explica de novo esse negócio aí de não bilionário.

— É não binário, mãe. — Eu ri.

Mas a pressão não passou completamente.

Depois disso, os pensamentos alheios me assolaram. Primeiro, de pessoas muito próximas a mim, vozes se misturando como um zumbido de pernilongo. O zumbido ao fundo foi ficando mais alto, as vozes mais nítidas e eu, mais desnorteado.

Pensei que tivesse perdido a cabeça de vez.

Quando comecei a me acostumar com as vozes e com a dor, acordei em um sábado e meus olhos não abriram. Eles doíam tanto que pensei que fosse desmaiar.

Minha mãe ficou tão assustada que mal conseguiu limpar toda a remela e desgrudar minhas pálpebras. Ela sabia que aquilo não era normal e que não conseguiria me diagnosticar. Então tentou buscar alguma ajuda especializada para mim.

O diagnóstico do médico foi uma rara irritação nos olhos, embora eu saiba — porque não pude evitar ouvir a mente do moço — que ele nunca tinha visto algo assim em toda sua vida. Quando eu fosse embora, ele pretendia ligar para um amigo oftalmologista e pedir orientação.

Não sei se ligou, mas nunca mais voltamos lá. Quando chegamos em casa e me olhei no espelho, a vermelhidão e o inchaço tinham diminuído; já dava para ver que a íris estava ficando mais oval e que o branco do olho estava escurecendo.

Minha mãe demorou a entender que não dava mais para tentar explicar, por meios clínicos, o que eu tinha. Queria porque queria me levar de volta ao hospital, mas não deixei. Contei a ela sobre os pensamentos que eu andava escutando. A primeira coisa que dona Andreia pensou foi que precisava me levar a um psiquiatra. Certamente eu estava tendo algum tipo de alucinação causada pelo uso de alguma substância ilícita.

— Mãe, nunca usei drogas. — Eu me lembro de ter respondido ao pensamento dela. Minha mãe arregalou os olhos e me analisou como se estivesse pronta para me pegar na mentira. — É sério, pode pensar qualquer coisa e eu vou saber.

— Para de brincar que isso é sério.

— Eu não tô sob o efeito de drogas, mãe...

Tive que insistir por um tempão antes de ela desistir da ideia e esperar o dia seguinte. Sei que planejava me levar para fazer um exame toxicológico, mas, quando acordei no outro dia, com os olhos já completamente transformados e as escamas aparecendo no lugar onde deveria ser a pele fina das minhas olheiras, ela desistiu de vez.

— Cobra? — Ela se aproxima agora, insatisfeita com minha resposta e com o silêncio que se seguiu. — Não mente pra mim, o que aconteceu?

Eu me mexo na cama, arredando para o lado para que ela se sente. Não preciso olhar para dona Andreia para saber que não consigo mentir para ela.

— Apareceu uma garota estranha na casa da Emma esses dias. — Omito a parte do teletransporte e não falo mais nada.

Minha mãe dá dois tapinhas no meu joelho.

— Vai me contar o que aconteceu?

Faço um bico.

— Agora não, mãe. — Eu me viro de lado. — Quero dormir, minha cabeça parece que vai explodir hoje.

— Tá bom, filho.

O "filho" dela sempre faz algo dentro de mim estremecer, uma euforia estranha, parecida com a que senti quando cortei o cabelo. Ouço a cama ranger de leve, os passos dela são quase imperceptíveis, assim como seus pensamentos. Até a mente da minha mãe é calada, não grita como a da Emma. Ou talvez eu só não consiga ler direito. Há uma interferência que nunca entendi quando ela pensa em mim. Como se uma energia muito forte cercasse esses pensamentos. Sinto isso todas as vezes que a tia Jana pensa na Emma. Deve ser coisa de mãe.

Mas nem preciso ouvir nada para saber que está preocupada. É lógico que está. De repente seu filho apareceu em casa ouvindo pensamentos, o que de ruim pode acontecer com ele num mundo onde qualquer linha que não seja reta é vista com maus olhos?

Ou talvez ela só esteja preocupada por eu ser trans numa cidade do interior.

Ou por eu ser fofoqueiro e viver dando conta da vida dos outros.

Ou porque sou adolescente e ela acha que adolescentes sempre se metem em confusão.

Ou, quem sabe, possa ser uma mistura de tudo isso. Um filho não binário adolescente que ouve pensamentos e faz futrica... Eu ficaria preocupado também.

— Quando quiser conversar, me chama!

Eu me viro de leve e a vejo parada lá na frente da porta, toda lindinha. Meu coração parece ter dobrado de tamanho. Sei que tenho sorte por ter uma mãe tão boa e às vezes até me pergunto se mereço.

— Chamo sim, pode deixar — digo, com uma voz bem mais terna, e sorrio para ela.

— E vê se evita confusão, você e a Emma também.

— Lógico né, mãe! — Me viro de novo. — Isso aí a senhora nem precisa falar...

Capítulo 12

Trix

Cobra e eu estamos correndo no meio do mato.

Ele voltou a ouvir vozes na parede da Emma, mais de duas dessa vez, e fica dizendo que preciso me estabilizar. Porém, não tenho ideia de como fazer isso. Sei que, quanto mais tempo passo com ele e com Emma, mais me sinto em casa.

Será que é isso? Será que preciso criar laços aqui?

— Eu acho que sim. — Cobra para um pouco e apoia as mãos nos joelhos. — Acho que quanto mais deslocada você fica nessa dimensão, mais fácil é te achar.

— Cadê a Emma?

— Ela disse que ia pegar comida e nos encontrar lá na casa da árvore.

Mais ou menos vinte minutos atrás, o Cobra ouviu de novo os pensamentos das pessoas que estão me procurando. E, ao contrário do que cheguei a acreditar, elas não desistiram de mim. Sinceramente não sei se fugir de quem quer que esteja me perseguindo vai adiantar alguma coisa. Mas o Cobra acha que precisamos ficar longe da parede da Emma, então confio nele.

— E se eles chegarem na casa dela antes? E se pegarem a Emma? — Minha voz está tão aguda que até *me* incomoda. Não sei se é pelo desespero ou pelo pique da corrida.

— Então coitados deles — ele zomba, fazendo uma careta.

— Credo, Cobra, não fala assim. Ela é meio difícil, mas é...

— Bonita — ele completa meu pensamento. Bufo. — Você só constatou o óbvio, Trix.

— Você... gosta dela?

Cobra não responde. E é como dizia a minha mãe: quem cala consente.

Sei que não preciso falar nada, porque Cobra já ouviu meus pensamentos, mas mesmo assim eu digo:

— Acho que ela gosta de você também.

Começo a andar porque não consigo mais correr. Sou sedentária e usava meu poder até para buscar água na cozinha. E olha que minha sala é conjugada, com a cozinha a exatos dois passos do colchão que uso como sofá.

— Duvido. — Ele acompanha meu ritmo. — Tudo o que ela pensa é em como sou irritante e me culpa por ter sumido o ano inteiro.

— Você *sumiu?*

— Ela não te contou?

— Não...

— Eu não sumi de verdade, só me afastei dela. Tinha muita coisa acontecendo comigo.

— Talvez a Emma esperasse que você, sei lá, contasse com ela nos momentos difíceis. É o que amigos fazem.

— Ai, essa doeu.

— Eu menti?

— É mais complicado que isso. — Ele hesita um instante. — Eu a beijei e corri.

— Você o quê? — Me seguro para não rir. — Quem beija alguém e sai correndo?

— Pode rir, sei que foi ridículo. É que eu sabia que não era uma garota e tinha medo da Emma não gostar de mim se eu não fosse uma garota.

— As pessoas dessa dimensão são todas assim?

— Não. Só eu que sou bobo e inseguro.

Bato com o ombro no dele, que é alguns centímetros mais alto que eu.

— Eu acho você uma gracinha.

— Estamos chegando. — Ele desconversa, envergonhado, e passa na minha frente.

Olho para trás em busca de algum sinal da Emma, mas não vejo nada. Volto a olhar para o caminho que Cobra abre à minha frente.

Ao longe, uma árvore alta, com um tronco grosso, se destaca entre as demais. Diferentemente do que pensei, a casa da árvore não fica no alto, mas sim no chão, usando o tronco como uma espécie de parede.

— Por que vocês demoraram tanto? — Emma grita ao longe, me sobressaltando.

Arregalo os olhos.

— Como ela chegou aqui tão depressa?

— A Emma tem... *superpernas*! — Cobra responde, levantando os braços, completamente empolgado.

O que exatamente ele quer dizer com superpernas?

Capítulo 13

Emma

Trix está há exatas duas horas olhando para as minhas pernas. Não estou brincando, eu contei.

— Além de correr super-rápido e pular alto, o que mais elas fazem?

Não sei se é uma curiosidade genuína ou se existe algum pensamento impróprio por trás dessa pergunta. Pelo jeito como Cobra ri, eu apostaria na segunda opção.

— É provável que eu te mate, se chutar a sua cara.

Ela morde o lábio discretamente, e Cobra cai na gargalhada de novo.

— Desculpa, é que… eu estou há meses isolada em casa sem encostar em ninguém.

— Alossexuais… — debocho, sentindo uma pontada de empatia.

Embora eu não consiga imaginar o que é viver isolada de forma alguma, ainda que não goste muito de estar perto das pessoas, prefiro que isso seja uma escolha e não uma imposição.

Cobra olha na minha direção, depois abaixa a cabeça.

— Ah... — ele diz. Sinto meu rosto esquentar.

— "Ah" o quê? — Trix pergunta, curiosa.

— Nada não — Cobra desconversa.

Acho bom mesmo que faça isso, esse fofoqueiro não tinha o direito de contar para a Patrícia qual é o meu poder.

— Será que eles conseguiram mesmo te achar, Trix?

— Espero que não.

— Você já não tem mais aquela aura roxa ao seu redor. E seu olho está quase normal — avalio, me aproximando dela.

O branco do olho voltou a ser, de fato, branco, mas a íris ainda não voltou à cor original. Eu queria ver como eles são de verdade.

— Acho melhor a gente dar um jeitinho de verificar se a Associação está por aí, Emma. Melhor eu ir. — Cobra estica as costas. — É bom que trago uns travesseiros lá de casa.

— Se é pra alguém sair daqui que seja eu, porque vou rápido.

— Peraí, vocês vão ficar aqui?

— Lógico que vamos!

— Por quê?

— E por que a gente não ficaria? — Também estico as costas.

Realmente precisamos de alguns travesseiros. E algo para nos cobrir, porque vai esfriar. Costuma ventar muito na floresta.

Aquele dia estava ventando muito no seu cabelo, Cobra diz... Não, espera. Ele *pensa.*

Eita, não acho que ele tinha a intenção de que eu ouvisse isso.

61

— Cobra, acho que...

Ele coloca o indicador na boca.

— Estou ouvindo alguém.

Está um silêncio absurdo lá fora, só dá para ouvir o barulho do vento batendo nas folhas das árvores. Ficamos em silêncio por alguns minutos. Evito pensar em qualquer coisa, mas quanto mais evito, mais penso.

Sinceramente não sei como alguém consegue não pensar em nada. É impossível. Principalmente quando uma pessoa se materializou no seu quarto vinda de outra dimensão e agora está sendo caçada por uma associação que não deve ter nada melhor para fazer.

— Emma, xiu! — Cobra me dá uma bronca.

— São eles? — Trix se mexe ao meu lado.

Ele demora a responder.

— Não sei. Vou sair um pouco e ver se consigo ouvir melhor.

Não gosto da ideia, mas, se Cobra acha que é o melhor a fazer, só me resta confiar.

Trix ainda está me encarando. Normalmente eu me sentiria mal, mas há algo nela que me deixa confortável. Talvez eu tenha me acostumado com sua presença na minha parede. Tudo bem que só durou três dias e na maior parte do tempo pensei que estava enlouquecendo... Ou talvez eu tenha me acostumado com ela dormindo no colchão ao lado da minha cama, na presença dela durante o almoço, nas nossas conversas noite adentro...

— Desculpa estar causando todo esse incômodo — ela diz.

— Relaxa, você já estava me incomodando antes. — Aquilo não soa exatamente como eu pretendia, mas é assim que sai. Abro a boca para explicar, mas ela sorri para mim.

— Ainda não consigo entender como você podia me sentir, mesmo eu estando presa em outra dimensão.

Retribuo o sorriso, apesar de nunca ter dito nada sobre *sentir* a presença dela. Falei sobre ouvir ruídos que eu achava que eram uma voz.

— Já eu não entendo como você não saiu de lá antes. Tipo, você disse que fechou os olhos e seguiu a voz do Cobra, então por que não voltou pra sua casa?

— Eu tentei. Tentei muito. Só que nunca deu certo. É que meu poder funciona assim: penso para onde quero ir, ou do que preciso, e simplesmente vou. Penso que quero uma água? Fecho os olhos e apareço na cozinha.

— E no que que você pensou que a levou até uma dimensão vazia?

Essa pergunta está me atormentando há dias.

— Promete que não vai rir?

— Não.

Ela cruza os braços, mas fala mesmo assim.

— Pensei que queria ver meu crush.

Eu rio. É óbvio que rio. Até a barriga doer.

— E foi parar em uma dimensão em que não tinha ninguém? — É sério, não dá para não rir. — Pra mim, isso é mais que um sinal!

— Pensando bem, acho que a pessoa nem era tão crush assim. Eu só estava muito carente. — Ela descruza os braços. — Pelo menos vim parar aqui e conheci vocês.

— Não acho que me conhecer seja algo assim tão legal para compensar os três dias que você ficou sozinha presa em uma cidade-fantasma, mas se você está dizendo...

— Acredita em mim, a cidade-fantasma não foi tão pior do que ficar em casa sozinha por meses.

Olho para a entrada da cabana. Nem sinal do Cobra.

— Já está escurecendo...

— Dá pra ver que vocês se gostam muito, né? Você e o Cobra.

— Hum, bobagem! — Empertigo os ombros. — Ele vacila demais!

— Sei...

— É sério! — Agora sou eu quem cruza os braços.

— Mas, tipo, existe essa possibilidade? De vocês terem algo a mais?

Ela está bastante interessada no assunto para o meu gosto.

— Bom, levando em conta que eu sou bi e ele também, tecnicamente nada impede. Mas...

Quase conto o que rolou entre nós dois, quase digo que nunca me apaixonei por ninguém. Mas Cobra aparece de repente, anunciando:

— Não são eles.

Suspiramos de alívio, e eu chego a encolher os ombros.

— Então vou lá em casa buscar as coisas pra gente passar a noite. Vou avisar a minha mãe que vamos ficar aqui. — Eu me levanto e me viro para Cobra. — Quer que eu passe na sua casa e busque algo?

— Não precisa. — Ele sorri.

Sorrio também. Sei que a situação é surreal, mas estou feliz de ter me reaproximado dele. Não aguentava mais ficar olhando para a nuca do Cobra durante a aula, imaginando que minha mão ficaria muito bem ali, ou pensando em como seria bom assistir aquelas séries antigas de nerd que a gente gosta, deitados no chão do quarto dele. E é óbvio que esse enxerido está ouvindo tudo o que estou pensando. Que ódio!

— Seria ótimo, Emma.

Reviro os olhos.

— Você é ridículo!

Saio batendo o pé com força no chão, o que percebo ter sido uma péssima ideia quando tudo começa a tremer ao meu redor.

— Vai com calma aí...

Ouço Cobra gritar, então corro ainda mais rápido para poder pensar longe desse fofoqueiro intrometido.

Capítulo 14

Cobra

Emma está demorando demais.

Tipo, demais *mesmo*.

Trix anda de um lado para o outro na cabana. Ela já está quase completamente estável aqui, ninguém notaria a diferença entre ela e qualquer outra pessoa. Exceto pelas íris, que continuam de um roxo-neon.

— Como é lá na sua dimensão? — Tento puxar papo para descontrair.

— Uma bagunça. Elegemos um presidente que poderia facilmente ser substituído por um pedaço de cocô.

— Aqui também.

— Mas vocês não têm coronavírus, quarentena, milhares de mortos e economia quebrada.

— Lamento dizer, mas temos a economia quebrada, sim. — Escoro na árvore que serve de parede da casa. — Mas quero saber da sua vida, não das merdas do país.

— Não tem nada muito interessante para saber. — Ela finalmente se aquieta e se senta. — Minha vida é supercomum. Comecei a fazer odontologia esse ano, na faculdade federal. Moro sozinha em uma quitinete ridícula de pequena. Meu único amigo mora com o namorado em uma república. Eu e esse namorado dele não nos falamos direito desde o começo do ano, quando a gente brigou. Éramos três amigos inseparáveis. E duvido que alguém realmente esteja sentindo a minha falta.

— Nossa... Mas e os seus pais?

— Meu pai largou a gente e foi embora pros Estados Unidos ilegalmente quinze anos atrás. Eu tinha três anos, mal me lembro dele. Minha mãe morreu quando eu tinha nove. Aí passei a morar com uma tia, irmã do meu pai, que não via a hora de se livrar de mim.

Não sei o que responder. Trix fala de um jeito tão natural e seco, como se não se importasse com nada disso, mas sei que se importa.

— Falei demais, né? — Ela me encara.

— Não. É só que eu não soube o que dizer.

— É que fazia tempo que eu não conversava de verdade com alguém. Você e a Emma são tão legais que simplesmente começo a falar e não paro mais. Antes, eu estava só postando coisas no Twitter e arrumando briga. Às vezes encontrava um crush ou outro para passar o tempo. A quarentena me deixou meio perdida. Era para eu estar aproveitando o primeiro ano de faculdade para conhecer novas pessoas. Mas veio essa porcaria de vírus e cancelou os planos de todo mundo. — Ela coça a cabeça. — Desculpa, tô muito nervosa. Cadê a Emma?

— Não sei.

— Você não consegue ouvir ela?

— Não. Não tô ouvindo nada. Só você. E não, não foi um erro você ter vindo pra cá. Nem começa a pensar nisso...

— E se vocês estiverem em perigo? E se essas pessoas forem caçadores de jovens com superpoderes?

— Não que isso vá te consolar, mas acho que eles só estão atrás de você.

— O que não impede de ferirem você e a Emma.

— Para com isso, Trix.

Ouço a mente barulhenta da Emma se aproximar. E respiro aliviado por alguns segundos, até que me levanto e ouço duas outras mentes barulhentas surgirem do nada.

Uma espécie de porta arredondada, com um brilho amarelado e inconstante, aparece bem em frente à cabana, do lado de fora.

Trix recua, se apertando contra a árvore.

— Eu falei para você que ela poderia estar acompanhada, não falei, Naro? — A mulher, que surgiu de dentro do portal, recebe um olhar furioso do homem que a acompanha.

O tal Naro se aproxima da porta da cabana, mas, antes que possa entrar, Emma para na sua frente.

— Quem são vocês? — pergunta.

— Não é da sua conta, garota. Agora sai da minha frente que tenho um trabalho a fazer.

— Nossa, e você é muito mal-educado! — ela reclama.

— Vocês dois. — Ele aponta para Emma e para mim. — Nosso trabalho não envolve vocês, então voltem para suas casas.

— E você é minha mãe para me dizer o que fazer? Pois é, não. Então sai você. — Emma não se move nem um centímetro.

— Naro. — A mulher pousa a mão no ombro do sujeito. — É melhor que a gente converse com esses jovens. Não estamos aqui para ferir ninguém. Só queremos levar a senhorita de volta para casa — ela diz, olhando para Trix.

O homem recua a contragosto.

— E quem são vocês? — Trix faz a mesma a pergunta que havia feito quando os encontrou pela primeira vez.

A diferença é que agora a mulher responde.

— Eu sou a Roberta e esse é o Naro. Nós somos a Associação e trabalhamos para garantir que nenhuma anomalia ocorra no espaço-tempo. E você sabe muito bem, mocinha, que não pertence a este lugar. — Ela olha diretamente para Trix.

Não gosto do tom professoral na voz dessa mulher, acho que prefiro o sujeito sem educação. Há algo que não está sendo contado aqui, mas não consigo descobrir o que é.

— Se eu aceitar ir com vocês, ninguém se machuca, certo?

— Certo. Não há motivo para isso.

Não gosto desse tom de voz. Não gosto mesmo!

— Para com isso, Trix. Você não vai com esse pessoal esquisito. — Emma intervém, se aproximando dela na tentativa de se colocar entre Trix e os dois membros da Associação. No entanto, Naro a segura pelo braço.

— Já demoramos tempo demais aqui, Roberta. — Naro joga Emma para o lado e vai na direção da Trix. — Vamos acabar logo com isso!

Nem Naro, nem eu, nem ninguém esperava que Emma fosse pular sobre as costas dele, o impedindo de se mover.

— Tenho certeza de que nós podemos resolver... — a mulher começa a dizer, mas eu a interrompo.

— Ai, moça, cala a boca! — Perco a paciência, enquanto Emma continua pendurada sobre as costas do sujeito. Quando ele tenta puxá-la, leva uma mordida na mão.

Chego até a sentir pena do coitado, mas passa logo.

— Essa garota é uma selvagem!

— O que foi que você disse?

Emma está furiosa, consigo sentir daqui o calor que vem dela. Entre uma piscada e outra, minha amiga chuta Naro de volta para o portal de onde ele veio.

— Jovens, se acalmem! — A mulher ajeita uma mecha de cabelo, se afastando o máximo que consegue de Emma. — Nós somos uma associação pacífica. Não queremos fazer mal, apenas controlar o distúrbio que você causou. — Aponta para Patrícia, que ainda está encolhida no canto. — Você não quer voltar pra casa?

Não.

Meu coração se parte um pouquinho ao ouvir o pensamento da Trix porque sei que ele é honesto. Ela não quer voltar, mas se levanta e vai na direção da mulher.

— O que você está fazendo, Trix? Vai confiar nesse povo?

Emma tenta impedi-la.

— A moça tem razão — Trix fala baixinho. — Não pertenço a esse mundo. Talvez exista uma versão minha perdida por aí. Imagina se um dia eu me encontro comigo mesma? Seria uma bagunça. Se ela diz que pode me levar de volta para a minha dimensão, não tenho motivos pra não ir. — Ela para na frente da Emma. Está tão triste que meu coração se parte. — Gostei muito de conhecer vocês. Se eu fosse desse mundo, talvez a gente pudesse ser amigo, ou você e suas pernas me dessem uma chance. — Trix dá uma risadinha sem humor, e Emma sorri, melancólica. — Enfim, talvez um dia a gente se esbarre por aí...

Ela vira as costas e se aproxima da mulher.

— Não faz isso, Trix — peço. Não quero que ela vá embora. — Se você ficar, a gente pode fazer tanta coisa junto. Pode ver Star Trek... ou um show inteiro desses sertanejos que você gosta.

Os olhos dela estão cheios de lágrimas. Me aproximo para secá-los.

— Esse não é o meu lugar — insiste, e termina de partir meu coração.

Poxa, ela está tão triste que essa decisão não parece ser a correta. Tenho quase certeza de que não é a correta.

— Ela quer ir, Cobra. — Emma me puxa para trás.

Não, ela não quer, quase grito. *Só está fazendo isso porque acha que é o certo.*

— Tchau, gente. Obrigada por tudo. — Trix dá as costas, sendo guiada pela mulher. Mas, antes de entrar no portal, se vira para nós e diz: — E, pelo amor de Deus, parem de bobagem e se beijem logo!

Sorrio, vendo Trix ir embora.

— Eram castanhos — digo, quando a luz do portal some no ar.

— O quê? — Emma pergunta, baixinho. Eu me viro para ela antes de responder:

— Os olhos da Trix. Eles eram castanhos.

Capítulo 15

Trix

O que é o tempo?

Essa é a pergunta que me incomoda enquanto estou presa aqui, entre essas paredes brancas.

Depois de tanto tempo olhando para o nada, sem janelas, sem saber se é dia ou noite, já perdi minha referência de tempo. Não sei quantos dias se passaram desde a última vez que vi Emma e Cobra. Nem sei mais quantos banhos tomei ou quantas vezes comi. Será que meu aniversário já passou?

A Associação me colocou aqui para que eu pire de vez.

No fundo, sendo bem honesta, nunca acreditei de verdade que aqueles dois estranhos me levariam de volta para casa. Eu só não queria que meus novos amigos sofressem as consequências no meu lugar.

Então, quando fui cruzar o portal, com as mãos de Roberta me empurrando de leve, não olhei para trás. Imaginei que seria mais fácil, para mim e para Emma e Cobra, que a gente continuasse assim: cada um em sua dimensão. E, por um segundo, até me passou pela cabeça que a Associação estivesse falando a verdade.

Ao atravessar para o outro lado, a primeira coisa que me atingiu foi a brisa congelante, depois a luz arroxeada e, então, foi como se alguém acendesse a luz de um cômodo após dias na escuridão. Um brilho branco fez meus olhos arderem e lacrimejarem. Quando consegui enxergar o que estava na minha frente, as esperanças se foram.

Naro estava parado, batendo nos próprios braços, como se tirasse poeira da roupa. As mãos e o rosto tinham manchas vermelhas, de sangue. Os olhos dele, inchados e cheios de ódio, se fixaram em mim, e ele agarrou meu braço com força, praticamente me arrastando pelo corredor largo. Eu me lembro de olhar para Roberta, em busca de alguma ajuda, mas sua expressão pacificadora logo se transformou em tédio.

Fechei os olhos e tentei me teletransportar para outro lugar, qualquer lugar, mas não consegui.

— Não adianta tentar, Patrícia. Você não vai conseguir se teletransportar daqui. — O sorriso vitorioso nos lábios de Roberta fez meu estômago embrulhar. Ainda sinto o gosto amargo na boca até hoje.

— Quem são vocês? — perguntei entre dentes, tentando me livrar das mãos de Naro.

— Nós somos a Associação, eu já disse. — O olhar de tédio voltou ao rosto dela, junto com um leve revirar de olhos. — Controlamos o espaço-tempo aqui na Terra para que anomalias, como você, não destruam tudo. Nós somos a ordem. Você é o caos.

— Que bom. — Puxei meu braço com mais força, o machucando mais. — Gosto do caos.

— Então vai amar o lugar que escolhemos para você. — Ela piscou para Naro, que me empurrou com violência para dentro de um quarto de paredes, piso e teto brancos e acolchoados.

O quarto que é meu vazio particular há dias.

Eu me jogo, pela quinquagésima vez, no colchão, que também é branco. Sério. É tudo branco. Vários tons de branco. Branco. Branco. Branco.

Acho que é isso, sabe? Nem consigo mais sentir tanta raiva de mim mesma por ter sido boba de aceitar ser trazida para cá. Sendo bem sincera, acho que estou desistindo de tentar sair daqui. Fecho os olhos e penso na minha infância, numa época em que eu acreditava em Papai Noel, viagens espaciais e que eu poderia ser feliz. Incrível como, dessas coisas, as mais reais para mim, neste momento, sejam as viagens espaciais e o Papai Noel.

Meu braço já não dói mais no lugar em que Naro me segurou antes de me jogar aqui. Sorrio ao me lembrar da Emma o chutando pelo portal que ligava esta dimensão à dos meus amigos. Talvez não tenha passado tanto tempo assim. Talvez meus novos amigos não tenham se esquecido de mim, da garota que apareceu na parede e foi embora dias depois. Talvez...

São tantas possibilidades, tantos universos diferentes. E se a Associação mentiu para mim mais uma vez e mandou seus capangas atrás da Emma e Cobra? E se meus amigos estiverem em perigo?

Não posso continuar neste lugar.

Se eu pudesse me olhar no espelho agora, faria isso só para encarar meu rosto e dizer: *Parabéns pelas péssimas escolhas, Patrícia!*

Num último resquício de esperança, tento, mais uma vez, mandar uma mensagem telepática para Cobra, apesar de não fazer ideia de como ele poderia me ajudar agora. Mas só ouço o silêncio.

Bom, é isso. Tenho que aceitar que passarei o resto da vida no quarto branco do BBB. Tá feliz, Manu Gavassi?

Penso nas pernas da Emma.

Penso nos olhos do Cobra, que eu nunca nem vi. Por que será que ele não tirava aqueles óculos? Será que os olhos dele são diferentes, assim como os meus? Nem tive tempo para pensar sobre isso. Infelizmente agora tenho tempo de sobra.

— Ei! — Olho para uma das câmeras que me vigia. — Tem como você colocar ao menos uma musiquinha? Gosto de sertanejo. Pode ser Henrique Carvalho.

Ou será que ele está morto nesta dimensão? Será que *eu* estou morta em alguma dimensão?

Penso no meu amigo Maycon e no sonho que ele teve, vendo a si mesmo em várias versões. Eu queria me ver em várias dimensões. Na verdade, queria ter continuado lá na casa da árvore com Emma e Cobra.

Eu me deito no chão, com a barriga para cima. Uma boa alma liga uma música do Henrique no sistema de som. Se tivesse como, eu beijaria essa pessoa.

Fecho os olhos com força e me imagino de volta em casa, deitada vendo vídeos no TikTok. Mas minha mente não consegue enxergar direito os detalhes. Tudo parece deslocado, com uma aura roxa-neon em volta. Um vento frio bate no meu rosto, me obrigando a abrir os olhos.

Penso com tanta força que quero sair daqui que meu corpo inteiro dói.

Não estou mais no quarto branco. Ao meu redor, espelhos de tamanhos diferentes me mostram várias versões de mim. Me vejo criança brincando com Maycon e Rafael na mata perto de casa, próximo de onde fica a casa da árvore de Emma e Cobra. Mas não vejo só eu. Vejo Cobra beijar Emma e sair correndo. Vejo Maycon e Rafael se beijarem deitados no chão em uma casa velha. Vejo meu pai limpando a neve em frente a uma casa grande. Vejo minha mãe andando de bicicleta com sua maleta de esmaltes na cestinha.

— Onde estou? — pergunto para ninguém.

Todas as imagens estão desfocadas e arroxeadas, exceto uma. É uma parede branca, já encardida e com a tinta descascando. Só uma parede.

Aperto os olhos com bastante força, desejando, com todo o meu coração, estar naquela imagem. Vejo as luzes roxas me rodearem e me sinto completamente fora de mim.

Não preciso nem abrir os olhos para saber que estou no lugar certo.

Parte 2

Emma, Cobra e a garota do freezer

Capítulo 1

Emma

Fico olhando para a porta da casa da árvore por um tempão. Não acredito que a Trix foi embora assim. Ainda tem tanta coisa que eu quero saber sobre ela. Nem perguntei que tipo de comida gosta ou o motivo de o apelido dela ser Trix e não Paty.

É possível sentir falta de alguém que você nem conhece direito?

— É, sim.

Eu me viro com tudo para dar um tapa bem forte no braço desse não binário enxerido, mas ele já se afastou. Está começando a ficar esperto.

— Você para de ler minha mente, Cobra! *Na boa!*

— Não sei como parar! — Ele abre os braços, deixando as mãos abertas.

— E você por acaso tentou?

O silêncio me diz tudo que preciso saber. Cobra fica ouvindo nossos pensamentos porque *gosta*!

Tiro meus tênis e jogo de qualquer maneira no chão. Passo por Cobra e me sento encostada na árvore. Ele se senta ao meu lado direito. Continuo olhando para a porta, na esperança de que Trix apareça do nada, como tinha feito dias atrás no meu quarto. Mas o aperto no meu peito me diz que ela não vai aparecer.

— Tô sentindo falta dela também. — Cobra encurva os ombros e joga a cabeça para trás, a encostando no tronco da árvore.

— É estranho. A gente conversou tanto, mas eu queria ter conversado mais. — Esse vazio que estou sentindo me deixa desconfortável.

— Você também sente que... parece que conhece ela...

— A vida inteira — completo.

— É. — Ele volta a ficar com a coluna reta e se aproxima mais de mim. Meu instinto é me afastar, mas é o Cobra, sabe? Não quero me afastar dele. Óbvio que ele ouve esse pensamento e aproveita para me puxar para mais perto e me envolver nos braços. Eu acho ruim? Não. Então deixo.

— Será que ela vai voltar um dia? — Meus olhos estão começando a encher de lágrimas.

— Não sei, Emma. — Ele apoia o queixo no topo da minha cabeça.

Bufo.

— Acho que meu quarto vai ficar silencioso demais.

— Sabe no que eu estava pensando? — ele diz baixinho.

— Não. É você que ouve a mente das pessoas...

— Bobona! — Ele se afasta um pouco. Odeio quando faz isso, é tão quentinho perto dele. — Mas é justamente sobre isso que tô pensando... Você não acha, sei lá, *estranho* não usar seus poderes para alguma coisa?

— Ih...

— É sério, Emma, pensa nisso. Por que logo a gente? Tipo, eu e você? O que a gente tem de especial?

Você tem tudo de especial.

Engulo esses pensamentos, mas milagrosamente Cobra parece não ter escutado. Está tão concentrado. Tão bonitinho.

— Outras pessoas podem ter superpoderes, mas a gente não sabe porque não conversa com ninguém.

— Eu ouço pensamentos, lembra?

— E daí? Você não sabia do meu superpoder...

— Eu demorei a conseguir diferenciar um pensamento do outro, e nem é esse o ponto! — Ele fecha a cara. — Você é tão difícil.

— Difícil eu seria se quisesse virar uma super-heroína. — Cruzo os braços e fecho a cara também, só por birra. — A gente já é esquisito o bastante, Cobra.

Ele tira os óculos e esfrega as escamas debaixo dos olhos.

— Sempre dá pra ficar mais esquisito, acredita em mim.

Capítulo 2

Cobra

Quando voltamos para a casa da Emma, eu prefiro não entrar. Parece tão estranho entrar no quarto dela e não ouvir a Trix. É como se a presença dela tivesse preenchido um espaço que eu nem sabia que estava vazio. E só percebi que estava vazio quando ela entrou naquele portal com duas pessoas desconhecidas e desapareceu.

Assim como Emma, eu também tenho muitas perguntas a fazer. Quero saber mais sobre Trix, quero perguntar por que ela não se incomodou por eu ter lido sua mente, quero entender por que se sentia tão sozinha. Mas agora talvez seja tarde, né? Eu não devia tê-la deixado nas mãos daquela tal Associação.

No fundo, sei que vai passar com o tempo, que cedo ou tarde ela vai virar uma lembrança de uma semana bizarra que vivi com Emma. Mais dias para a lista de dias estranhos que venho tendo desde a queda do meteoro. E o pior é que nem posso dizer que eu gostaria que as coisas voltassem a ser como antes. Estou muito mais feliz agora, sendo eu mesmo, apesar dos olhos de cobra e de ouvir pensamentos indesejados.

Pelo menos fico por dentro das fofocas.

Descendo a rua na direção da minha casa, me pego olhando para trás mais vezes do que gostaria. Quero que a Trix volte. Não para a dimensão dela, mas para esta.

Ainda não sei se consigo contar para a minha mãe sobre tudo isso. Queria muito, só que é complicado demais. Então apenas espero que os dias passem e me façam esquecer.

Mas não esqueço.

Minha mãe nota que estou mais estranho que o normal e não desiste de me perguntar o que aconteceu até que conto toda a verdade. Ela não gosta de saber que, além de superpoderes, agora essa história tem supervilões. Mas o que posso fazer além de esperar que a Associação nunca mais apareça por aqui?

Durante todo esse tempo, converso muito pouco com Emma na escola. Não sei por que faço isso, acho que é medo.

Eu tenho medo de tudo.

De falar mais do que deveria. De gostar das pessoas mais do que deveria. De me decepcionar por elas não retribuírem o sentimento. Ou de gostarem da pessoa que *acham* que conhecem, e não de mim de verdade.

Tenho medo da minha mãe não gostar de mim.

Tenho medo da Emma não gostar de mim.

Então só fico quieto ouvindo os pensamentos confusos dela e desejando profundamente que ela volte a escutar ruídos na parede. Mas não volta.

***

Um dia, durante a aula, quando eu já havia desistido de viver outra semana estranha com Emma, aconteceu algo diferente. O professor de filosofia estava sentado em sua cadeira, quase dormindo, enquanto nós deveríamos estar escrevendo um texto sobre Karl Marx. Não sei como ele conseguiu pegar no sono com todo esse barulho. E, mesmo no meio dessa confusão de vozes, a da Emma sempre se destaca entre as demais.

Será que a Trix voltou pra casa dela?

Acho que Emma *quer* que eu ouça esse pensamento. Então apenas me viro para a encarar. Ela sorri e me chama para perto. Arrasto minha cadeira com um barulho agudo que deveria fazer a sala inteira olhar para mim, mas todo mundo está tão concentrado nas próprias conversas que ninguém nota.

Eu me sento ao lado da Emma e cochichamos hipóteses até o fim da aula. E fico feliz por, finalmente, estarmos falando sobre a Trix de novo.

— Minha mãe vai fazer torta assada com carne moída e batatinha hoje. Quer ir lá em casa? — Ela sabe que não precisa me oferecer comida para me convencer. Mas finjo ter aceitado só pela torta.

— Ok. — Dou de ombros.

— Tá bom!

Não falamos muito enquanto subimos a rua. Emma anda muito calada. Não em pensamento, a mente dela não para. Mas nunca a vi tão quieta.

— O que foi, Emma? — Não aguento vê-la assim.

— Eu meio que... gostava da minha parede ser diferente. — Ela hesita por alguns passos. — Ela me distraía, me fazia companhia. Enquanto eu criava milhares de teorias que explicassem aquilo, não me sentia sozinha.

Engulo em seco e fico calado, sem saber o que falar. Emma encontra, na própria mente, os amigos que não tem aqui fora. Tudo culpa minha. Eu não devia ter me afastado.

— Emma... — Abro a boca para continuar, mas ela começa a andar mais rápido. Não quer as minhas desculpas. Então não falo nada.

O cheiro de torta chega até mim antes mesmo de Emma abrir a porta de casa. Meu estômago ronca. Passo a língua pelos lábios e inspiro com força o cheiro para dentro dos meus pulmões.

Quando entro, vejo tia Jana pela entrada da cozinha semiprofissional, onde faz suas tortas e outras comidas para vender. Jogo um beijo para ela, que me devolve o cumprimento com uma piscadela. Emma já está no quarto, se jogando na cama. Eu me deito ao lado dela.

— Minha mãe está feliz que você voltou a ser meu amigo — comenta, de um jeito amargo. — Mas a gente não voltou a ser amigo.

— Quem disse que não?

— Você mal conversa comigo na escola. — É óbvio que ela jogaria isso na minha cara.

— *Você* que não conversa comigo na escola. Pensei que não queria papo. — É mentira minha, eu sei que é.

Ela revira os olhos, como sempre.

— Eu que tenho superpernas, mas é você quem vive correndo.

Sei que ela está falando do beijo que demos no começo do ano.

Mas eu respiro fundo e me viro para encará-la, apoiando o rosto com a mão. Apoio o cotovelo na cama e, com a outra mão, tiro os óculos.

— E se eu não correr agora? — pergunto, baixinho.

Vejo um sorrisinho discreto nascer nos lábios dela. E continuo olhando para eles enquanto me aproximo mais e mais. Minha boca está tão perto da dela...

— Eu não sei. — Emma se afasta só um pouquinho. Tem medo também. Quero que ela converse comigo e quero confessar os medos que eu mesmo carrego.

Ficamos nos encarando por um segundo. No impulso, me aproximo mais. Nossos narizes se encontram e fecho os olhos. Mas Emma coloca as mãos nas minhas bochechas e me empurra.

— Você ouviu isso? — pergunta, de um jeito meio oscilante.

— Não ouvi nada, Emma — respondo, frustrado.

Ela se apoia nos joelhos e vai andando até a parede, onde coloca as duas mãos espalmadas e o ouvido esquerdo.

— Emma, não tem nada aí. A Trix...

Cobra? Arregalo os olhos.

— Não pode ser! — Eu me aproximo da parede o mais depressa que consigo.

— Ouviu agora? — Emma pergunta, desaforada. Colo meu ouvido direito na superfície fria.

Cobra, você tá aí?

Fecho os olhos e me concentro, usando toda a força que tenho naquele pensamento, assim como eu havia feito semanas antes.

— Trix — digo, alto. — É só seguir minha voz, você sabe como fazer.

Silêncio.

Trix?, tento, apenas com o pensamento. Não ouço nada.

Aqueles segundos de silêncio são gelados.

— Será que ela foi parar no lugar errado de novo? — Emma aperta os olhos, preocupada. Então vem o grito da tia Jana:

— O que é isso, minha Nossa Senhora?!

— Mãe? — Emma sai correndo. Vou atrás.

Dona Jana está com as duas mãos no peito na frente do freezer horizontal aberto. Tem várias tortas espalhadas pelo chão da cozinha.

— O que foi, mãe?

Dona Jana nos encara atônita, aponta para a frente e pergunta:

— Emma, por que tem uma garota no meu freezer?

Capítulo 3

Trix

Por um momento, um breve segundo, pude ouvir as vozes de Emma e Cobra ecoando de algum lugar ao longe. Cheguei a sentir a textura da parede na ponta dos dedos, antes de cair no ar, de costas e no escuro.

Não dou sorte, viu?

Quando paro de cair, percebo que estou de frente para uma parede branca. Mas não é a do quarto de Emma. Estou no corredor de um prédio e não me lembro de ter estado aqui antes.

Que maravilha!

Tonta e enjoada, com a cabeça prestes a explodir, sinto que vou desmaiar a qualquer momento. Minhas mãos estão suadas e dormentes, pareço estar desintegrando, perdendo todas as partes do meu corpo.

Eu me apoio na parede. É como se algo dentro do meu estômago me puxasse com força para outro lugar, mas meu corpo insistisse em ficar.

Será que isso é morrer?

Ouço o bipe do elevador e a porta de metal se abre lentamente. Ou sou eu que estou lenta, fora do tempo?

— 'Cê tá bem? — a voz de alguém me pergunta, mas não consigo olhar direito para a moça que vem na minha direção, tentando me acudir. Ela se aproxima ainda mais e, de repente, tudo volta ao normal. Não sinto mais meu corpo se dividindo. Não sinto mais meu estômago se repuxando. Não sinto mais nada. A última coisa que vejo é a mão da garota no meu braço e o olhar assustado que ela me lança antes de desaparecer.

Literalmente desaparecer.

Então eu apago.

Quando acordo, ainda estou no mesmo corredor, me sentindo mal, mas de um jeito diferente. É como se toda a minha energia tivesse sido drenada. Me sinto seca.

Sem perceber, começo a chorar. Um choro feio, desses com soluços e lágrimas saindo por todos os lados, molhando as bochechas. E continuo chorando até meus olhos arderem, até me sentir ainda mais seca do que antes. Um misto de cansaço e alegria por ter me livrado daquele quarto branco dos infernos.

— Preciso sair daqui — murmuro para mim mesma. — Preciso ir pra casa.

Fecho os olhos e penso no meu apartamento, na bagunça espalhada, no pano de prato que perdi depois que o coloquei no ombro em algum momento quando cansei de lavar as vasilhas e fui assistir a série. Tento me lembrar do cheiro de madeira velha das portas ou da sensação úmida da infiltração da parede do banheiro.

É quando sinto o familiar vento gelado arrepiar meus braços. Essa é a minha hora. Concentro todas as partes do meu corpo, pensando no (des)conforto do colchão que uso como sofá, na minha TV, que está a ponto de queimar, no meu cantinho. E me deixo levar.

Volto para casa. A *minha* casa. E, por um momento, ao me jogar no meu colchão/sofá, me sinto bem. Sinto que pertenço a este lugar, me sinto inteira. Passei meses querendo sair daqui, mas nunca pensei que voltar para cá seria meu maior alívio.

São as voltas que a terra plana dá.

No fundo, sei que não posso ficar aqui. A Associação não deve estar muito feliz por eu ter fugido. E não faço ideia de como fiz isso. Naro e Roberta devem estar me procurando, a essa altura do campeonato. Ou foram eles que me deixaram escapar? Tenho um monte de perguntas e um total de zero resposta. Se eles estiverem atrás de mim, vai ser bem fácil me achar aqui.

Mas não tenho outro lugar para ir.

E quanto mais eu usar meu poder, mais chances eles têm de me achar. Isso estou supondo. Fonte: não foi preciso.

Parece até uma praga. É só pensar nisso para que uma brisa fria sopre em mim, mesmo com todas as janelas fechadas. Sei que são eles. Só sei. Preciso pensar rápido em um lugar para onde posso fugir, tipo naquele filme *Jumper*. Mas acho que ir para o outro lado do planeta, no meu caso, não vai dar certo. Eles me achariam de todo jeito.

Eu me lembro do sonho que Maycon teve, meses atrás. E se for verdade? E se ele tiver visto várias versões de si mesmo em dimensões diferentes, em vez de sonhar com isso?

Um pontinho laranja surge no meio da sala e sei que preciso dar o fora daqui o mais rápido possível. Mas não dá tempo. Antes que eu consiga pensar para onde ir, o portal se abre e

Naro e Roberta saem dele, dessa vez sem intenção alguma de serem pacíficos.

— Boa tarde. Eu tenho uma porta, viu? Custava bater? — Tento jogar conversa fora para ganhar tempo.

Roberta abre um sorrisinho irônico.

— Sem gracinhas por hoje, Patrícia. — Ela vem na minha direção, mas me afasto.

— Diga lá, Naro. — Tento chamar a atenção do homem. — Vai machucar meu braço de novo?

Ele me ignora.

Não tem jeito. Não consigo pensar em outro lugar para ir. Só tenho o Maycon e, mesmo que eu não queira admitir, o Rafael.

Roberta dá um tapa no ombro de Naro e ele avança para cima de mim.

— Ah, mas nem morta que eu volto para aquele inferno de quarto! — Desvio dele, dando mais um passo para trás, tentando me lembrar como é a sala do meu amigo, mas só consigo pensar em limpeza e organização, e um cheiro bom de desengordurante de limão. Fecho os olhos e penso no rosto do Maycon. A pele negra bem clara, os cabelos cacheados bonitos, caindo pela testa. O sorriso... Ai, como eu já quis ver aquele sorriso de perto o suficiente para...

— Vamos logo com isso! — Naro não tem educação nem para respeitar o pensamento dos outros e quase agarra meu braço. Me afasto mais, encostando na parede. A hora é agora.

Penso em Maycon, em sua paixão de anos por Rafael, e em como aquilo me doeu por tanto tempo. Na covinha, na sobrancelha rebelde e na mania de limpeza. O frio me domina antes que as mãos de Naro possam me tocar.

Fujo no último segundo, mas vou parar no meio de uma tempestade que cai de um jeito violento ao meu redor e sobre a minha cabeça.

Não...

Eu sou a tempestade.

Eu é que estou caindo.

Capítulo 4

Emma

— Por que a *Frozi* tá no meu freezer, Emma? — A voz da minha mãe fica ainda mais aguda.

— *Frozi*? — pergunto. O cheiro de frango cozido me atinge quando puxo o ar com mais força para os pulmões. — Mãe, calma! — Eu me aproximo do freezer. — Meu Deus! — Dou um pulo para trás.

Tem uma garota lá dentro, encolhida e assustada.

Começo a falar descontroladamente e minha mãe me responde, mas não presto atenção em nada do que ela está falando. Como assim tem uma garota dentro do freezer?

Minha mãe tenta erguer a moça sozinha, mas não consegue.

— Me ajuda, Emma.

Ajudo, pegando as pernas da garota e tentamos tirá-la de dentro do freezer. Cobra coloca as mãos nas costas da moça e conseguimos colocá-la no chão.

— Que brincadeira é essa? — Minha mãe está irritada, e com razão.

— Mãe, não é brincadeira. A gente também não sabe o que tá acontecendo.

— Vai mentir pra mim agora, Emma? Primeiro aquela moça aparece aqui e depois some do nada, ninguém me deu satisfação. E agora outra vem parar *dentro do meu freezer*...

— Não é mentira, mãe, eu juro! Nunca vi essa menina na vida — respondo, nervosa.

Desvio o olhar para a garota que está no chão e vejo que ela está fazendo um esforço sobre-humano para abrir os olhos. Reparo na máscara azul que está usando sobre a boca e o nariz, e na testa franzida. Sinto pena dela, então me abaixo para ajudá-la. Ela resmunga, coloca a mão na sobrancelha direita e abre os olhos.

De repente o silêncio domina a cozinha. A menina nos encara e nós a encaramos de volta. Não sei dizer quem está mais assustado. Eu apostaria nela, mas honestamente? Acho que ninguém aqui está bem. Tento manter a calma, mas meu coração está extremamente acelerado.

Não faço ideia de como a Elsa do *Frozen* veio parar na minha cozinha, mas não é exatamente isso que está me preocupando, e sim a minha mãe.

Minha. Mãe.

Dona Jana é muito boa, a não ser que você mexa com duas coisas: suas filhas e sua cozinha.

Acho que uma moça, que realmente parece alguém que veio de um filme da Disney — até a trança embutida nos cabelos loiros, será que é isso o que está acontecendo? Será que as histórias de princesa são reais? Nossa, tomara que

não, só tem princesa branca e magra. Se bem que a Tiana...
Enfim — aparecer no freezer dela conta como a segunda coisa.

— A gente precisa levar a garota pro hospital! — minha
mãe sugere, num tom que faz com que não pareça uma sugestão. Eu me levanto e paro do lado dela.

Cobra arregala os olhos.

— Hospital?

— Sim, meu filho! — Meu coração amolece por meio segundo ao ver que minha mãe chamou Cobra no masculino. É
fofo. — Ou você quer que a menina morra com hipertermia?

— Hipotermia, mãe.

Levo um tapinha no braço.

— Me dá *um* motivo para não quebrar sua cara, garota!
— Ela está com os dentes cerrados.

— A senhora nunca quebrou minha cara...

Ela bufa e se agacha, colocando a mão na testa da menina, que parece mais branca do que deveria ser normal.

— Uai... — Minha mãe volta a se levantar. — Ela não está
tão fria.

— Deve ser porque tá viva, né? — Por precaução, eu me
afasto de dona Jana antes mesmo de terminar a frase, e
acabo pisando em uma das tortas caídas no chão da cozinha.
Mas acho que minha mãe está tão preocupada que desiste
de responder às minhas gracinhas. E nem sei por qual motivo estou fazendo gracinha com essa situação, talvez seja
porque não sei lidar com isso. Por que tem uma garota no
chão da cozinha? Cadê a Trix?

— Emma. — Cobra segura meu braço de um jeito quase
carinhoso, e sinto meu coração pular ainda mais. Que situa-

ção bizarra! Pelo amor de Deus, a garota mascarada estava *no freezer*. Tudo bem que tinha uma garota presa *na minha parede*... — Emma — ele chama de novo. — Respira.

— Eu tô bem — minto. E sei que ele sabe que é mentira.

— Me ajudem a levar a menina pro quarto da Emma, por favor. — Cobra parece a única pessoa a manter a calma por aqui. Eu queria muito ser o tipo de gente que mantém a calma, mas não sou.

Simplesmente não reajo.

Cobra e minha mãe erguem a garota.

— Deixa comigo — Dona Jana pede, e meu amigo obedece, colocando a menina nos braços dela. A coitada parece um rato assustado e magrelo, se aninhando no colo da minha mãe como se fosse um bebê em busca de calor.

E talvez ela realmente esteja em busca de calor.

Quando elas se afastam, cochicho:

— Mas que merda é essa?

— Como essa garota veio parar aqui? — Cobra me pergunta, apesar de saber que nenhum de nós tem a resposta. Acho que nem mesmo a menina tem.

— Pensei que fosse a Trix — admito, sentindo o coração se dividir em mais alguns pedacinhos.

— Eu também.

Estamos os dois desapontados. Mas há algo mais urgente para resolvermos agora do que nossos corações trouxas e partidos.

— Precisamos descobrir quem é essa garota e o que ela está fazendo aqui — digo, nervosa.

— Por que você está dizendo que é uma garota? Quem disse que é uma garota? Pode ser uma pessoa não binária...

Aperto os punhos. Que ódio que eu sinto desse não binário! Ele está certo? Sim. Mas, ah!!! Tenho vontade de gritar e bater nele até...

Ele vê a raiva nos meus olhos e dá um sorrisinho sacana.

— Relaxa, é uma garota mesmo — diz, já se afastando de mim.

É sério. Não sei por que ainda converso com essa pessoa.

Capítulo 5

Cobra

Emma está bem mais nervosa que o normal. Ou seja, um recorde absoluto. Ela está sentada na cama, observando a garota ali deitada, como se fosse um animal. Até cheirar a menina Emma cheira...

— Parece frango congelado. — Torce o nariz.

— Lógico, né? Ela estava deitada em cima das tortas da sua mãe.

Eu me sento no chão, ao lado da cômoda de Emma. São os dois únicos móveis do quarto. A cama de solteiro, já velha, e essa cômoda. Eu me lembro de quando tinha duas camas espremidas, cada uma em um canto. Depois que a irmã da Emma foi embora, o quarto, que sempre pareceu muito pequeno, agora parece muito grande.

— Para de ficar em cima da garota, Emma, deixa ela respirar!

Ela estala a língua.

— Quero saber quem ela é.

— Melhor esperar a menina acordar e *perguntar*. — Quase me arrependo de dizer isso. Emma para e me encara. Se ela tivesse uma arma de laser nos olhos, eu já teria virado pó. — Vem pra cá — peço, com a voz mais doce que consigo, esticando o braço e a chamando com a mão.

O que Emma faz?

Revira os olhos.

Mas vem.

Abro o braço esquerdo e ela se senta ao meu lado, se aconchegando no meu peito. Sinto um pouco de desconforto pelo binder estar apertado. Às vezes acho que meu coração fica maior quando a Emma está perto de mim.

— Seu coração tá a mil — ela diz, com certo divertimento na voz.

Não falo nada. Minha respiração está descompassada. Tento focar nos pensamentos da Emma, mas a mente dela está silenciosa, concentrada no som que ouve.

Respiro fundo e a aperto mais contra mim. Emma fecha os olhos e desliza a mão esquerda pela minha barriga até chegar à lateral do meu corpo para me abraçar.

— Não vou fugir de novo, Emma. — Faço uma promessa que acredito que poderei cumprir. Ela não fala nada. Mexo em seu cabelo, faço carinho em seu rosto. E ficamos naquele silêncio confortável.

Os pensamentos de tia Jana se aproximam do quarto. Eu me sobressalto, e Emma se afasta, no susto. Um buraco se abre dentro de mim. Quase a puxo de volta.

— Pessoal. — Tia Jana abre a porta do quarto e olha direto para a cama. — Nada ainda?

— Ainda não, tia.

— Tô pensando em chamar a polícia, tenho certeza que...

— Não, mãe. — Emma se levanta e se espreguiça. — Vamos esperar a menina acordar.

Ela teme o mesmo que eu, que essa garota do freezer não pertença à nossa dimensão. Temos que tentar lidar com isso sem envolver mais ninguém. Especialmente as autoridades.

Tia Jana pondera por um momento, depois declara:

— Preciso refazer as tortas que estragaram. Vou assar algumas e trazer para vocês. — Tentando disfarçar as rugas de preocupação, ela dá um sorriso e deixa o quarto.

Olho para Emma.

— O que a gente vai fazer?

Ela não sabe, então não responde, só volta para perto de mim e me abraça de novo. E eu sei, ela não precisa dizer e nem pensar, que esse é o jeito de Emma falar: o importante é que a gente está junto.

Capítulo 6

Trix

O que é o tempo?

Uma estrada linear, cheia de obstáculos, pessoas e quedas, te guiando sempre em frente, sem parar nunca?

É assim que sempre o enxerguei. Até ele chover sobre mim.

Até eu me ver caindo, como uma tempestade, no meio da sala limpíssima que Maycon divide com Rafael.

Tudo sobre esta casa está fora de lugar: as paredes, o teto, o piso, o tempo em si. Não sei como meus amigos conseguem viver aqui. Sinto todas as partes do meu corpo querendo se desprender, se dividir em mil pedaços, sem certeza do lugar ao qual pertencem. Mas forço meu corpo a se materializar.

Obviamente ninguém espera que uma pessoa surja do nada no meio da sala, enquanto você está assistindo a *Frozen 2*. Maycon reage até de uma maneira moderada, colocando as mãos no peito. Já Rafael grita, pula do sofá e me olha de um jeito exacerbado, como se estivesse vendo uma assombração. É Mike quem me reconhece primeiro.

— Paty?

Odeio quando me chamam assim, mas nunca falei nada. Esse apelido bobo parece ser a única coisa que ainda me une ao trio que fomos no passado. Forço um sorriso, mesmo sentindo que tudo ainda está fora do lugar.

— 'Cê tá bem? — Ele se levanta depressa, vindo na minha direção. É uma reação estranha, calma demais. Como se já tivesse visto de tudo na vida e nada mais o surpreendesse.

Não consigo responder que não estou bem. Não consigo fazer mais nada, porque minha visão escurece, lentamente, como um efeito de fim de filme. Até que tudo se apaga.

***

Quando acordo, estou no quarto de Maycon. Nunca estive aqui antes, mas sei que é o quarto dele. Como poderia não ser? A bandeira bi pendurada na janela, como se fosse uma cortina, me faz abrir um sorriso.

Tento me levantar, mas minha cabeça está pesada. Pelo menos a sensação de estar me fragmentando diminuiu. Volto a fechar os olhos, mas o tempo passa e não consigo dormir. Então, quando o cheiro gostoso de alho e cebola refogando me atinge, decido me levantar.

A casa é pequena. Tem dois quartos, sala, cozinha e quintal. Além de um corredor e um banheiro. É simples, extremamente limpa, mas não há nada aqui que a torne especial, exceto pela sensação que ela causa. Um arrepio constante, algo sussurrando embaixo do ouvido, e um frio anormal para essa época do ano. Bom, pelo menos a julgar pelas decorações de Natal espalhadas por todos os lados, estamos em dezembro ou perto disso, ou seja, deveria estar *quente*.

Sigo o cheiro da comida. É Rafael quem está fazendo o almoço; sei antes de entrar pela porta da cozinha. Ele está cantarolando uma música nova da Selena Gomez, e me pergunto por que Maycon é apaixonado por esse rapaz desde o fundamental. Rafael está vestido apenas com um shortinho justo e um avental. A pele dele não é tão clara quanto eu me lembrava, mas talvez seja só impressão minha. Noto a bagunça sobre a pia, pedaços de tomate picados espalhados em uma tábua de vidro — e fora dela —, e penso no que Mike diria se estivesse aqui. Provavelmente estaria reclamando sem parar.

— Tem bagunça aqui o suficiente para quatro almoços diferentes — alfineto, pois não consigo resistir. Há algo preso na minha garganta faz tempo, implorando para sair.

Rafael para de mexer a panela por um instante e me encara.

— Tá melhor, Paty?

— Uhum. Cadê o Mike?

— Teve que ir no supermercado.

— Hm... — Minha boca está seca. — Tem água?

— Pega ali na geladeira. — Aponta com a faca para o eletrodoméstico branco atrás de mim.

Faço o que ele diz em silêncio. Não sei se quero conversar. Não com ele, pelo menos.

Acho que Rafael julga que não sou interessante o bastante e volta a atenção para o fogão.

— Quando você pretende explicar como apareceu na nossa sala do nada? — ele pergunta.

Nossa sala. Dos dois.

Meu estômago embrulha. Que insensível!

— Eu me teletransporto — digo, de má vontade. Sem fazer nenhuma menção de explicar.

Rafael para o que está fazendo mais uma vez e fica me olhando, esperando que eu continue.

— Mas por que *aqui?* — insiste, quando vê que não direi mais nada.

Bufo e reviro os olhos. É sério que Rafael estranhou o motivo pelo qual vim parar na casa do *meu amigo*, e não o fato de eu me *teletransportar?* Sério que essa é a preocupação dele? Eu *desmaiei*, sabe?

— Pensei que, depois de tudo o que rolou, você não apareceria aqui tão cedo, especialmente no estado em que apareceu — continua.

— Amado? — Coloco as mãos na cintura. Acho que nós temos um problema de interpretação aqui. Há um abismo entre o que o Rafael *acha* que rolou e o que aconteceu de fato.

Quando eu e meus dois amigos de infância resolvemos nos mudar para a mesma cidade — os dois foram cursar uma universidade particular juntos, e eu fui para a federal —, a primeira decisão que tomamos foi a de morar na mesma casa. Não durei uma semana vendo a maneira como Maycon se derretia por Rafael e era completamente ignorado. Enquanto eu, tentando afundar os sentimentos de uma vida inteira dentro de mim, me derretia por Maycon e era ignorada.

Ao contrário de Mike, eu não soube lidar com o meu amor não correspondido pelo meu amigo de infância, muito menos com o ciúme e a raiva pela maneira como Rafael não via o que estava bem na frente dele, a forma como desperdiçava o amor e a atenção de uma pessoa incrível. Aquilo me tirou do eixo e fez com que eu desenvolvesse um ranço impossível de curar. Passei a implicar com tudo o que Rafael fazia, desde a maneira como largava as coisas bagunçadas, até por chegar tarde de festas e deixar a casa cheirando a cigarro e bebida.

No fim das contas, minha raiva crescente só me afastou dos meus amigos e me fez romper de vez com Rafael. Acabei optando por me mudar, já que morar com eles não estava fazendo bem para nenhum de nós. Tempos depois, eles trocaram de casa e vieram para cá. Onde, pelo visto, Rafael percebeu o que estava perdendo. Sorte dele.

Ninguém fala nada por um instante. Estou esperando para ver o que ele tem a dizer, mas Rafael só pega os tomates picados e joga na panela, o que deixa o cheiro ainda melhor.

— Se você não me quer aqui, pode ficar tranquilo que eu vou embora.

Por um longo momento, acho que Rafael vai apenas me ignorar. Mas, assim que termina de mexer os tomates, ele abaixa o fogo e me olha.

— Eu não tô dizendo pra você ir embora. É só que... me surpreendi por você ter aparecido logo aqui. Pensei que me detestasse.

Engulo em seco.

— Eu não tinha para onde ir — admito com o peito pesado. Acho que o Rafa fica com pena de mim. Ele abre a boca várias vezes para falar alguma coisa, mas não tem coragem de dizer. Então só viro as costas e vou para a sala.

Eu me sento no sofá e fico esperando que um portal se abra em qualquer lugar e que Naro e Roberta tentem me arrastar de volta ao quarto branco. Me assusto um pouco quando a porta da casa se abre e Maycon entra carregando sacolas nas mãos. Ele está vestido com uma máscara preta e uma regata cor-de-rosa.

Meu amigo deixa as sacolas no chão perto do sofá e me puxa para um abraço apertado.

— Meu Deus, Paty, como cê tá? — diz sem me soltar.

— Ai — resmungo. — Amassada.

Ele ri e se afasta um pouco, olhando cada pedacinho meu como se checasse uma criança que caiu na pracinha.

— Você vai me contar o que tá acontecendo? — Seu cabelo está bem comprido, a ponto de cair nos olhos, e ele prende uma mecha atrás da orelha. Os cachinhos estão tão bonitos! Quando fui embora, não havia muita coisa além de uns fios cortados bem rentes à cabeça, herança de uma época em que ele ainda achava que tinha que ser de um jeito específico para se encaixar em um padrão "masculino". Por um instante, meu coração até fica quentinho de ver que meu amigo está superando seus demônios.

Já eu... Eu estou longe de, sequer, encarar os meus.

— Preciso?

— Precisa. Mas não *tem que*.

— É que aconteceu tanta coisa...

— Tenho tempo. — Ele se senta no sofá.

Suspiro.

Cara, eu realmente não quero falar sobre isso. Na verdade, quero mesmo é esquecer. Não quero mais saber de superpoderes e outras dimensões. Chega.

Desde que minha mãe morreu, sinto que estou suspensa. Existindo sem algo que me prenda, perdida em um lugar desconhecido sem ter uma casa para onde voltar.

Se eu me perdesse de novo em outra dimensão, o que me puxaria de volta, além da minha própria vontade de escapar?

Nada me tirou daquele lugar vazio, só a voz de Cobra na minha cabeça. Mas a voz dele não está aqui agora. E eu sei que foi minha vontade de sair do quarto branco que me tirou de lá, embora não saiba exatamente *como* isso aconteceu.

Eu me sento ao lado de Mike.

— Você vai passar o Natal com a sua família? — Mudo de assunto, buscando me contextualizar sobre alguma coisa, pelo menos. Falar dos problemas de Maycon é melhor do que falar dos meus.

— Não vale a pena furar a quarentena para ouvir meu nome morto, nem por amar demais aquelas pessoas.

Ele não insiste em me perguntar o que aconteceu. Respeita o meu silêncio.

Logo eu que falo tanto.

— Bom... — Ele dá um tapinha no meu pé. — Vou ajudar o Rafa a fazer o almoço antes que ele destrua a minha cozinha.

Abro um sorriso, reunindo o restinho de alegria que tenho.

— Mike — chamo quando ele já está pegando as sacolas. Mas ainda não tenho coragem de contar tudo o que aconteceu. — Pede pro Rafa não colocar milho no salpicão...

Capítulo 7

Emma

A garota do freezer ainda está dormindo como uma pedra, de máscara e tudo. Fiquei com pena dela e pensei em tirar, mas se está de máscara é porque é importante, né? Além disso, tenho medo de que ela acorde enquanto Cobra não está. Ele foi em casa tirar o binder e está demorando para voltar. E aqui, sentada no canto do meu quarto e pensando sobre como o último ano foi surreal, me vejo obrigada a admitir que não sei o que faria sem ele.

O bom é que posso pensar livremente sobre isso quando aquele enxerido não está aqui.

Ando pensando muito sobre como foi horrível descobrir meus poderes sem meu amigo por perto. Eu sei que ele estava ali, ao meu alcance, que bastava eu chamar para que ele voltasse a se aproximar. Mas eu não queria fazer isso. Não queria dar esperanças a ele sobre um sentimento que nem sei se tenho. É tudo muito complexo na maneira como enxergo as coisas.

Sempre via casais nas séries se apaixonando e nunca entendia como aquilo acontecia tão rápido. Nunca me senti assim por ninguém. Aquele frio na barriga, aquela necessidade de estar perto o tempo todo. Minha mãe já me disse que sou muito nova, que tenho tempo para isso, afinal nem fiz dezoito anos ainda, mas sei que não consigo me apaixonar instantaneamente por ninguém. Talvez seja o meu tempo que é mais lento, diferente dos outros, ou só nunca aconteça mesmo. Não é um problema. É só como eu sou.

E é estranho como pensar nisso me faz pensar no Cobra. Sempre. Não sei o que isso significa. Mas também não acho que seja o melhor momento para ficar enchendo minha cabeça com essas coisas. Uma garota apareceu do nada no freezer, sabe? É muito para um cérebro processar.

Levanto devagar e me arrependo quando uma dor aguda pulsa na parte de trás das minhas coxas. Normalmente eu não tomo remédio, porque já me acostumei com esse incômodo constante. Mas tem horas, como agora, que dói demais. Seco as lágrimas dos olhos e vou até a cozinha procurar um remédio ou qualquer coisa do tipo.

Minha mãe está terminando de lavar as vasilhas e me olha de um jeito profundo quando abro o armário para pegar a caixinha onde ela guarda as medicações.

— Filha, quando você vai me contar o que está acontecendo?

Demoro um pouco a responder. Fico mexendo nas embalagens, embora já tenha encontrado o que estou procurando.

— Eu queria muito contar para a senhora, mãe, juro. Mas nem eu sei direito.

— Então por que não me conta o que sabe? — Dona Jana para com as duas mãos na cintura.

Curvo os ombros e deixo meus braços penderem para a frente.

— Ah, mãe, eu queria muito poder explicar.

— Não é só sobre a garota do freezer, minha filha. — Ela se aproxima de mim, de um jeito até mais suave, e pega minhas mãos. — Você está estranha desde o começo do ano. Primeiro ficava falando sozinha e depois ficou toda jururu pelos cantos. Depois a Patrícia... — Minha mãe para e olha no fundo dos meus olhos. Espero, apreensiva, o que ela vai dizer. — Vocês duas brigaram? Você e o Cobra brigaram? Aconteceu alguma coisa entre vocês?

Abro um sorriso. *Mães...*

— Não, mamis. Quer dizer, sim, a gente brigou. Mas tem tempo. A gente tá... — Hesito. A gente tá o quê? Nem eu sei. — ... acho que *bem*. E a Patrícia só foi embora para a casa dela.

— Então o que é tudo isso? — Ela abre os braços.

Não quero nem vou continuar mentindo para minha mãe. Então, bom, digo a verdade. *Toda* a verdade. Sobre o meteoro, minhas novas habilidades, as novas habilidades de Cobra, minha parede falante, Trix e sobre o que sei dessa garota que apareceu no freezer — ou seja, quase nada.

Por um momento, acho que matei dona Jana. Ela fica tão pálida quanto possível. As bochechas, sempre num tom escuro de vermelho por causa do calor da cozinha, perderam a cor vibrante.

— Mãe. — Eu me aproximo dela. — A senhora tá bem?

— Peraí, Emma! — Ela levanta a mão, a palma virada para mim. Então paro no lugar. E ficamos assim, as duas se encarando uma a outra por um tempo. Até que ela fala: — Você quer que eu acredite nessa história?

— Quero sim, senhora.

Minha mãe só me lança um olhar de "tá bom, Emma", vira as costas e volta para as vasilhas.

— Se você não quer me contar a verdade...

— Mãe, que dia eu menti pra senhora? — Cruzo os braços e fecho a cara. Porque é verdade, nunca menti para minha mãe. Tipo, nunca mesmo.

Ela para de esfregar a panela e me encara, com os olhos estreitos.

— Isso é fantasia das brabas, minha filha.

— Posso provar — digo, petulante. Pior que eu *realmente* posso provar, mas não quero. Quero que ela acredite em mim.

Ficamos mais um tempão nos olhando, nos estudando. Somos tão parecidas que olhar para ela é quase como me ver daqui a alguns anos. E imagino que, para ela, seja ver uma versão mais nova de si mesma.

Minha mãe conhece esse rosto bem o suficiente para saber que estou falando a verdade.

— Não é possível...

— É possível e é a verdade.

Ela leva as mãos à boca e sei que vai precisar de um tempo para processar tudo isso. Acho que é o que todo mundo precisa agora. Tempo.

113

Capítulo 8

Cobra

Evito a minha mãe o máximo que consigo quando passo em casa para tirar o binder. Hoje ela está descansando, então aposto que nem saiu do quarto. Aproveito isso para sair de fininho.

Faz bastante calor e tem só umas duas nuvens pequenas no céu, mas a rua está movimentada. Reparo nos enfeites de Natal nas fachadas das lojas e penso em como o tempo passa depressa. Parece que foi ontem que comecei a ouvir os pensamentos alheios. Parece que a Trix esteve aqui hoje de manhã e não semanas atrás.

Evito passar pela avenida principal, que leva direto até a casa da Emma, porque normalmente tem muita gente, ou seja, muita mente para ouvir. Desvio pela rua paralela, que é bem mais tranquila. Tento andar pela sombra o máximo possível, mas o sol está castigando muito.

Não reparo que há três pessoas sentadas na calçada embaixo da árvore de dona Martinha até pisar no pé de uma delas.

— Ei... — A pessoa se levanta e para na minha frente, bem mais alta do que eu. Tipo, eu sou alto com meus um e setenta e cinco. Esse ser humano aqui deve ter, no mínimo, uns dez centímetros a mais. Um sorrisinho escapa quando penso nessa pessoa perto da Emma. Tipo Pabllo Vittar com Simone e Simaria. — Olá, Cobra. Eu sou Gi — se apresenta numa voz abafada por uma máscara preta, mas tão mansa que me arrepia inteiro. Dou um passo para trás.

— Oi? — Me afasto um pouco para ver melhor com quem estou falando. Há duas pessoas paradas em pé à minha frente e uma sentada na calçada. A que eu pisei no pé é bem branca e com longos cabelos pretos. Parece, sei lá, um vampiro de filme antigo ou um personagem de anime. E está olhando diretamente para mim.

— Não precisa se assustar. — Sorri. — Esse aqui é o Urso. — Aponta para uma pessoa baixinha que está distraída olhando para a rua, e eu acho engraçada a ironia do nome. — E essa é Cams. — A pessoa que segue sentada na calçada se encolhe um pouco. É mais ou menos da minha cor, é gorda, tem os cabelos crespos cheios e soltos, mas algo nela faz com que pareça menor. Talvez sejam os olhos pequenos ou o jeito como está abraçada aos próprios joelhos.

Acho estranho que os três estejam usando máscaras, tipo as que usam em hospital, mas não falo nada.

— Oi? — repito, bastante desconfiado. Tenho vontade de completar com um "o que vocês querem?" ou sair correndo, mas não faço nada disso.

— A gente veio até aqui porque precisa da sua ajuda —
Gi volta a falar com aquela voz suave. Acho que o sotaque
é da Bahia, mas não posso dizer com muita certeza.

— É mesmo? — Estou desconfortável por ter sido
abordado assim no meio da rua e quero deixar isso bem
evidente, então coloco as mãos na cintura, tipo a Emma
faz.

— Eu sei que é estranho aparecer assim do nada, mas
não temos muito tempo. Não somos dessa dimensão, Cobra. Você entende o que isso quer dizer, não entende? —
Gi continua, com um pouco mais de urgência. Olho rápido
para os outros dois, mas ninguém se mexe.

Faço que sim com a cabeça, mantendo a pose desconfiada e me arrependendo muito por ter pisado no pé
dessa pessoa. Sigo em silêncio porque quero que Gi me
explique logo o que está rolando. E é o que faz.

— Nós três somos os Dissidentes, um grupo de pessoas com superpoderes que quer fazer o bem.

Por que eu sabia que a resposta seria algo do gênero?
Olha que nem estou me gastando para ler a mente
desse povo.

— Sei... — Coço a parte de trás da cabeça.

— E precisamos da sua ajuda. Precisamos de você no
nosso grupo.

Óbvio que sim.

No meio da tarde, num sol de rachar, três desconhecidos aparecem numa rua vazia me convidando para me
juntar ao X-Men do Brasil, mas só com três jovens adul-
tos estranhos e nenhum Professor Xavier. Hm, será que
devo confiar?

Reviro os olhos. Deve ser o convívio com a Emma.

— Olha... Gi, né? Então, eu não quero ser herói de nada...

— Não falamos nada sobre sermos heróis. Só queremos usar nossos poderes para o bem.

— Mas, queride, eu nem te conheço. — Aponto para Gi com a mão aberta.

— Sei que não é a melhor abordagem. Mas você é especial...

Gi dá um passo na minha direção. Um vento leve bate no meu rosto. As outras duas pessoas seguem caladas. E eu só quero sair daqui.

— Não tenho interesse. — Começo a andar, desviando deles. Alguém me agarra pelo braço com a mão gelada. Olho para Urso com tanta raiva que ele me solta depressa.

— Só escuta o que viemos falar. — Sua voz é baixa e aguda. Mas é o que tem no olhar dele que me faz não ir embora.

— Nós não estamos aqui para sermos os novos Vingadores — Gi explica —, porque a realidade é muito diferente dos filmes da Marvel.

— Primeiro que não tem nenhum bilionário financiando a gente. — Essa é a única contribuição que Cams faz. Sério, a *única*. Já estou começando a me conectar com os pensamentos dela, porque não me aguento, quando Gi continua:

— Você já pensou em usar esse poder para mais do que ficar fazendo fofoca sobre a vida dos outros?

A pergunta que não quer calar é: como esse povo me conhece? Mas acabo só respondendo à provocação.

— Já pensei. Só que tudo o que eu quero nesse momento da minha vida é ser normal.

Gi ri, não uma risada bem-humorada e contagiante, mas algo esganiçado e debochado.

— Você *nunca* vai ser normal.

E, embora eu saiba disso, ouvir outra pessoa falando me deixa triste. Parte de mim se orgulha muito de não ser como todo mundo, mas, às vezes, eu só queria um pouco de paz. Nada de pensamentos intrusivos, os dos outros e os meus.

— Bom, esse é um jeito muito ruim de abordar qualquer pessoa para a sua panelinha. — Olho para Gi e depois para Urso, que parece estar prestes a dizer alguma coisa, mas desiste. — Mas eu não tenho nenhum interesse de todo jeito. Licença.

E sigo em frente, sem olhar para trás.

Eu realmente não estou com cabeça agora para um novo problema.

Capítulo 9

Trix

Esta casa não deveria existir.

E eu também não.

Parece que as paredes estão olhando para mim, me estudando, cochichando meu nome. Sinto um vazio enorme, uma solidão esmagadora, como estar no centro de um estádio vazio, como gritar para o nada e ouvir apenas os ecos da própria voz.

Isso me assusta mais do que ser perseguida por supervilões que parecem saídos de um filme dos anos noventa.

Minha pele fica arrepiada quando passo pela sala. Não acendo a luz e não consegui resgatar meu celular quando passei em casa, então, sem lanterna, ando devagar no escuro. Não quero acordar ninguém. Conforme caminho, a casa vai me dando calafrios, como um sussurro debaixo do ouvido. Vou até a cozinha, tomo uma água. Mas há uma sensação de estar sendo vigiada.

— Não se pendura no portão, Patrícia!

Congelo. Fazia tempo que eu não ouvia a voz da minha mãe.

Engulo a saliva. O Maycon disse que via versões de si mesmo em outras dimensões, não que via *fantasmas*.

— Mãe? — chamo baixinho, ressabiada. Tento olhar a sala através da escuridão quase total e algo se move perto do corredor. — É a senhora?

— Patrícia, minha filha, você vai cair!

Observo o vulto, com um nó na garganta, e me aproximo devagar, tateando o ar até encontrar o encosto do sofá.

— Mãe?

Agora a imagem está quase nítida, embora translúcida. Minha mãe está parada na minha frente, olhando para mim com uma expressão de desgosto e ao mesmo tempo carinho.

— Ai, menina, você faz cada coisa!

Eu não me lembrava do quanto nós duas éramos parecidas. Ainda que seus cabelos estejam presos em um coque mal feito e seu olhar pareça cansado.

Não consigo respirar. Meu peito sobe e desce, mas o ar não entra. Ela se aproxima de mim, olhando nos meus olhos.

— Você precisa parar quieta.

Minha boca seca, o mundo gira e meu corpo desliga. Apago mais uma vez.

***

— Meu bem. — Alguém me cutuca. — Acorda, Paty, você tá toda torta.

Abro os olhos e o rosto de Mike entra em foco, tão lindo... tão... *comprometido*.

Pisco, tentando entender o que aconteceu, e meu pescoço dói quando tento me levantar do sofá.

— Meu Deus, eu tive um sonho bizarro!

Maycon me olha de um jeito estranho, mas não diz nada. Só me oferece um café, que eu aceito, porque estou precisando.

Bebo duas canecas em silêncio, enquanto Mike assiste a um jornal local. Estou pensando no sonho... se é que foi um sonho.

— Amigo... — digo depois de um tempo, quando minha alma já fez o download para o corpo. — Qual é a treta dessa casa?

— Você viu algo, não viu? — Ele se vira para mim.

— Talvez...

— A gente não sabe direito, mas... ela é mal-assombrada — diz de um jeito teatral.

— Por fantasmas?

Ele aperta os olhos.

— Vai soar estranho.

— Eu literalmente me teletransportei para o meio da sua sala, Mike. Você acha mesmo que vai me surpreender?

Meu amigo dá uma risada.

— Eu acho que, de algum jeito, essa casa é cheia de janelas para outras dimensões.

— Tipo... Dá para ir para outra dimensão? — Tento conter a esperança de ver Emma e Cobra de novo, mas não consigo.

— Não, mas dá para meio que *ver* outras dimensões, versões de nós mesmos em outras realidades ou até pessoas que não conhecemos.

— Ah... — Desvio o olhar, pensativa.

— O que você viu?

— Minha mãe. — Encaro Mike e vejo seu sorriso murchar.

— Sinto muito...

— Isso é possível? Ver minha mãe?

— Acho que tudo é possível, Paty! — Ele pega a minha mão de um jeito carinhoso. — Às vezes eu acho que essa pandemia, essa quarentena e esse presidente lixo acabaram tanto com a nossa mente que estamos alucinando coletivamente. Sei lá, às vezes parece que estamos presos em um pesadelo. — Ele aponta para a TV. — Olha o tanto de gente que já morreu por causa desse vírus, e parece que não vai acabar nunca. Tem vacina, mas ninguém está sendo vacinado. Ver fantasmas ou outras dimensões é a menor das insanidades.

Não olho para a televisão. Fico pensando na minha mãe falando comigo, do mesmo jeitinho que falava quando eu era criança, com o mesmo rosto. Talvez eu tenha sonhado, talvez eu tenha visto o passado, talvez eu tenha visto outra dimensão. Mas, no fim das contas, de que importa? Minha mãe continua enterrada no cemitério de Santa Maria Madalena, e nada pode mudar isso.

Quando finalmente olho para a TV, paraliso por um instante.

Vejo um rosto na tela. Quase não acredito que é a mesma garota que tentou me ajudar ontem, mas é ela, tenho certeza. A foto da menina loira sorri para mim, mas o que está escrito do lado aperta meu coração, me sufoca.

Desaparecida

Você viu essa pessoa?

Eu vi. A garota que estendeu a mão para me ajudar. Pensei que tinha imaginado tudo, que ela não havia desaparecido diante dos meus olhos antes que eu desmaiasse. Mas é tudo real. A garota sumiu mesmo. E agora alguém está procurando por ela.

Não consigo evitar me sentir culpada.

A repórter dá as informações de contato de alguém, mas não anoto. Entro em pânico e desligo a televisão, apertando o controle com força.

— Tá tudo bem, Paty? — Mike segura minha mão, a que está livre. — Nossa, você está gelada.

Não consigo responder. É muita coisa para uma mente só.

E, para completar, alguém grita lá de fora:

— Ô de casa!

Dou um pulo do sofá, o coração acelerado vindo parar na garganta. Minha cabeça dói e eu levo a mão direita à testa, na tentativa de ver se tudo ainda está funcionando.

Fecho os olhos, respiro fundo e vou até a porta. Mais para evitar a pergunta de Maycon do que para realmente atender a visita. Abro e... Há uma pessoa parada me encarando com curiosidade. Sinto que a conheço, mas não sei de onde. E... há um...

O quê?

— Olá? — a pessoa murmura.

Mas não consigo responder nada. Meus olhos estão presos, fixos na figura que vem atrás, parada em frente a uma carroça.

Um Papai Noel.

Juro por Deus!

Um Papai Noel está aqui na rua, em frente à casa esquisita do Maycon e do Rafael, vestido com uma roupa toda vermelha e branca, com gorro e tudo. A única coisa diferente do traje clássico é a máscara preta sobre a boca e o nariz. A pele negra dá um destaque ainda maior para a longa barba branca.

Olha, sinceramente... Tinha que ser comigo!

Capítulo 10

Emma

Cobra já está de volta quando a moça acorda. Ele voltou mais estranho que o normal, mas não consegui uma abertura para perguntar se aconteceu alguma coisa.

— Quem são vocês? — Ela tenta se afastar de nós.

— Calma! — digo. — Não vamos te machucar nem nada...

— Eu sou o Cobra, essa é a Emma — Cobra responde, de um jeito calmo. Ou talvez esteja querendo acalmar a garota. — E você, como se chama?

— Onde é que eu tô? — Ela ignora a pergunta.

— Na minha casa. — Eu me mexo um pouco na cama, tentando me aproximar dela, que só se afasta e olha em volta.

— Como...? — Ela leva a mão até o rosto, parecendo incomodada com a máscara. — O que aconteceu?

— A gente também quer saber. — Confesso que já estou um pouco impaciente com essa situação. — Você simplesmente apareceu dentro do freezer da minha mãe.

— Isso não é possível! — rebate, fechando e abrindo os olhos algumas vezes. Ela não parece muito bem.

— Mas foi o que aconteceu. — Cruzo os braços e me levanto da cama, ficando de pé ao lado de Cobra.

— Eu estava no elevador do meu prédio e, do nada, acordei dentro de um... de um lugar frio.

— O freezer da minha mãe. — Dou de ombros.

Cobra dá uma risadinha antes que a moça aponte o dedo para nós e diga:

— Vocês me sequestraram!

— Amada? — Seguro o riso. — E quem é você na fila do pão pra ser *sequestrada*?

— Ninguém, mas...

— Olha, a gente entende que isso é demais pra processar, vai por mim... — Cobra começa, com uma calma irritante. — Mas precisamos saber quem é você e o que aconteceu. A tia Jana quer chamar a polícia.

— Polícia? — A menina coloca as mãos na cintura. — Talvez ela devesse mesmo.

Reviro os olhos e respiro fundo.

— Garota. — Coloco os dedos nas têmporas. — Ninguém vai chamar a polícia porcaria nenhuma. — Vou na direção dela e aponto o indicador na altura do seu rosto. — Você vai nos dizer exatamente o que aconteceu.

A moça fecha os olhos e permanece assim por um tempão, acho que está tentando se lembrar de algo. De repente, seu rosto se ilumina:

— *Eu sei* quem você é! — Aponta para mim. — Você é a irmã da Liliane.

Dou um passo para trás.

— Então você conhece a Lili? — Respiro mais aliviada.

— Sim, ué. Todo mundo conhece a Liliane.

Franzo o cenho e a estudo com bastante atenção.

— Como assim? — Trix tinha comentado algo comigo sobre a Lili ser famosa na dimensão dela. Se eu contar isso para a minha irmã, acho que ela vai ficar bem triste.

Será que essa moça veio da dimensão da Trix?

— Você tá de brincadeira? Eu já cansei de encontrar com você pelo corredor do prédio. Tudo bem, nunca tive coragem de conversar com a irmã de uma pessoa famosa, mas nada justifica você nem fazer ideia de quem eu sou. Só pode ser pegadinha pra algum canal no YouTube. — Ela procura a câmera escondida com o olhar e Cobra gargalha alto.

— Não é uma pegadinha, moça. Por favor, tenta se lembrar do que aconteceu antes de você vir parar aqui. É importante.

Ela respira profundamente, e ouço daqui a coluna dela estalar.

— Eu estava dentro do elevador do prédio da pessoa que namoro, aí a porta se abriu e eu vi uma garota... sei lá, uma pessoa. Ela parecia estar passando mal, então... Não sei. Foi muito rápido.

Cobra se aproxima dela.

— E como ela era?

— Sei lá, cara. Roxa. Meio neon. — Ela parece confusa.

— Roxa? — falo baixo e depois solto um grito. — É ela, Cobra. É a Trix!

— Você disse que viu essa pessoa, e aí? O que mais? — ele insiste.

— Acho que tentei ajudar. Foi muito rápido. Ergui a mão pra tocar nela e... acordei aqui.

Cobra bate uma das mãos na outra e ergue o braço na direção da garota. Com a cabeça virada para mim, diz:

— Tenho uma teoria. — Depois olha para ela. — Você pode, por favor, me dar a mão?

Ela encara os dedos finos e longos de Cobra.

— Tem álcool em gel?

Abro a boca para perguntar para quê, mas Cobra só me encara de um jeito sério. Vou até a despensa e pego um frasco, passando pela minha mãe bem depressa para que ela não me faça perguntas. Quando volto para o quarto, a moça está com os braços em volta de si mesma, como se estivesse se protegendo de algo.

— Toma. — Entrego a ela, de má vontade.

A garota joga o álcool na mão com cuidado e nos encara. Eu me sinto julgada.

— Passa na sua. — Dá o frasco para Cobra, que faz o mesmo e passa o álcool nas mãos.

Quando ele termina, ela ainda pondera antes de erguer o braço direito e entrelaçar as mãos nas dele.

E, de repente, Cobra é jogado na parede, como se tivesse levado um choque, enquanto a moça coloca as mãos nos ouvidos, completamente desesperada. Corro para ajudá-lo, mas ele começa a rir. Sério, a *rir*.

Eu não dou conta!

Tudo fica confuso por alguns minutos até que Cobra se senta no chão de frente para ela.

— Você só precisa focar. — O carinho com o qual ele diz isso faz meu estômago revirar. Cruzo os braços.

A menina continua tapando as orelhas, encolhida em um canto.

— Cobra, o que tá rolando?

— Tenta não pensar em nada, Emma. — *Como não vou pensar em nada?* — Emma!

— Tá bom!

Cobra volta a falar de um jeito suave com a menina.

— Você só precisa se concentrar, Alice.

Ah, o nome dela é *Alice*.

— Não consigo — ela diz, de um jeito tão desolado que parte meu coração. — O que tá acontecendo?

— Foca na minha voz. Você consegue.

Então os dois ficam calados por um tempão. Como não sei o que fazer para não pensar em nada — porque só de querer pensar em nada, eu penso —, vou para a sala. Pego meu celular que está sobre o rack e me sento no sofá. Há sete mensagens não lidas da Lili e treze ligações perdidas.

> Emma, tô preocupada com você.

> A mãe tava com uma voz muito estranha no telefone.

> Emma, me responde.

> Fala comigo, inferno.

> Tenho um show hoje e não consigo ensaiar as músicas.

> Me respondeeeeeee!

> Eu vou te matar.

> Desculpa, eu tava ocupada.

> Tá tudo bem por aqui, não precisa se preocupar.

> Me liga depois do show pra gente conversar.

Emma, tô a quilômetros de você, mas ainda sei quando tá mentindo.

Você anda muito estranha.

Cobra chega de supetão na sala.

— Acho que entendi o que aconteceu. Preciso que você venha aqui.

— Tô resolvendo um trem.

— É importante, Emma. — É impressionante ver Cobra quase perdendo a paciência.

> Perdoa, Lili. Mas realmente não posso falar agora.

Aff! Tá bom.

Depois você me conta então.

> Bom show!

Brigada :)

Envio a mensagem e sigo até o quarto, o coração acelerando a cada passo que dou. Abro a porta, impaciente.

— Fala logo sua teoria. — É só o que consigo dizer antes de sentir uma mão gelada no meu braço e tudo ficar escuro.

Capítulo 11

Cobra

— Que merda! — Tiro Alice de perto da Emma, que está caída no chão.

— Desculpa. Eu não queria machucá-la. — A menina se afasta ainda mais, assustada. Estamos todos apavorados. Ela se encolhe em um canto, longe de mim.

Emma está fria. Não consigo ouvir nada vindo dela. Nem uma sequência de pensamentos desconexos, nem os xingamentos que sempre destina a mim.

Estou com medo. Muito medo.

— Que merda? — Emma fala baixinho. Ou pensa. Nem sei. Não sei se recuperei meus poderes completamente. Minha amiga tenta se levantar, mas não consegue. — Por que minhas pernas não se mexem?

Respiro fundo e a ajudo a se sentar no chão mesmo, me sentando ao lado dela em seguida. Puxo Emma para perto de mim.

— Cobra... — Ela me chama baixinho. Acho que está quase desmaiando. Peço a ajuda de Alice para colocá-la na cama.

— Não encosta na pele. — Tento não soar grosseiro, mas essa garota é um perigo para a humanidade.

Alice apenas assente e toma o maior cuidado de tocar Emma apenas por cima da blusa. Então, quando Emma já está acomodada, a menina começa a chorar de um jeito descontrolado. Ela passa as mãos nas próprias pernas. Fico com pena.

— Ei, Alice, senta aqui no cantinho. — Dou dois tapinhas na lateral da cama. — Já, já vai passar.

Continuo ignorando minha dor de cabeça, encolho as pernas e escoro as costas na parede.

— O que aconteceu? — Emma me pergunta, ainda fraca. Acaricio os cabelos dela. O único pompom cor-de-rosa está com fios soltos.

— Sabe a Vampira? — Apelo para a melhor referência que conheço. Não dá certo.

— Que vampira? A Bella?

— Não, Emma. A do X-Men, a que rouba o poder dos outros com o toque.

— Ah...

— É o que a Alice faz. — Olho furtivamente para a menina. A coitada está chorando desesperada, molhando a máscara. — Mas só por alguns minutos. Você vai ficar bem logo, logo. — Dou um beijinho na testa dela.

Emma fecha os olhos e seus pensamentos divagam. Acho que meus poderes estão voltando e as ideias absurdas dela também.

O gelo que estava no meu estômago começa a diluir. Eu me viro para Alice.

— Você vai ficar bem?

— Tá doendo muito. — Ela passa as mãos nas pernas.

— Acho que você precisa descansar um pouquinho. — Eu me levanto devagar. — Vou pedir um colchão pra Tia Jana.

— Foi o que aconteceu com a Trix, Cobra? — Emma segura minha mão. Meu ar some dos pulmões. — A Alice roubou os poderes da Trix e se teletransportou para cá?

— Eu acho que sim.

Alice começa a chorar ainda mais alto.

Deixo as duas no quarto, afastadas uma da outra. Sei que estou andando encurvado, mas sinto o peso de um mundo inteiro nas costas. Se ao menos minha cabeça parasse de doer...

É só eu pensar nisso que outra pontada de dor me atinge.

— Ai — reclamo em voz alta.

— Falou comigo, filho? — Dona Jana desponta pela porta da cozinha.

— Não, senhora. Na verdade, sim. — Faço muito esforço para sorrir. — A Emma e a... outra menina estão meio cansadas.

Ela coloca as duas mãos na cintura e solta o ar pelo nariz.

— Hum... ela acordou? — Aperta os olhos, esperando minha resposta. Eu só assinto com a cabeça. — Não sei o que vocês estão aprontando, mas... Ah, deixa pra lá! — Parece espantar uma mosca com as mãos. — Já vou levar umas tortas pra vocês. — Dona Jana se aproxima de mim e coloca as mãos nos meus ombros. Cara, ela é igualzinha à Emma. — Aí depois, outra hora, vocês me explicam tudo e me mostram que história é essa de poderes...

É lógico que Emma contou para dona Jana. Ela conta tudo para a mãe.

— Sim, senhora. — Sorrio. — Ah, e eu preciso de um colchão também.

Ela revira os olhos. E não consigo conter uma risadinha. A genética dessa família é inexplicável.

— Pega lá no cômodo onde ficam as coisas da Liliane.

— Tá bom.

Eu me viro e volto por onde vim, passando em frente ao quarto da Emma. Fico ali por um minuto, observando minha amiga dormir.

Espero que fique tudo bem.

Tem que ficar tudo bem.

Capítulo 12

Trix

O Papai Noel passa pela outra pessoa e para na minha frente. Ele fica me encarando, de boca aberta, por um tempo.

— Uau! — Suspira. — Você mora nessa casa?

Eu não deveria responder uma informação tão pessoal a um completo estranho vestido de Papai Noel, deveria?

— Me desculpa, senhor, mas acredito que... — Estreito um pouco os olhos, depois encaro a carroça na rua. — Hã... Eu acho que o senhor veio no lugar errado.

— Não. Estou no lugar certo. — Ele olha por cima do meu ombro. — Eu gostaria de dar uma olhada na sua casa.

— Definitivamente não.

— Quem é, Paty? — Mike grita atrás de mim. Não sei o que responder, então fico parada, meio em choque, por um tempo, até que meu amigo resolve vir checar o que está acontecendo. Ele estuda o Papai Noel, tão chocado quanto eu. — Eu posso ajudar o senhor?

— Eu vim olhar a sua casa.

— Minha ca... Por quê?

— Porque ela é mal-assombrada. — O estranho saca da roupa vermelha um aparelho que parece um smartphone do futuro, e o aponta na minha direção. Franzo o cenho e analiso o objeto, ele é todo de vidro com apenas algumas luzes verdes, e me lembra um pouco o aparelhinho que Roberta usava. Dou um passo para trás. — Eu não vim para machucar vocês, vim ajudar.

— Mike. — Puxo meu amigo pelo punho. — Eu não sei se a gente deveria...

— O que é um peido para quem tá todo cagado, Paty? — meu amigo fala, dando de ombros. E abaixa a voz. — Você mesma viu como essa casa é... estranha — diz, antes de permitir que o Papai Noel entre com seu, sei lá, ajudante.

***

Ele anda por todos os cômodos da casa, analisando cada cantinho do lugar. Disse que podemos chamá-lo de Noa e que ele é um alienígena que veio de outro planeta para deter os danos causados por anomalias no espaço-tempo. Eu já ouvi essa história antes, então me mantenho afastada, em pé perto do sofá, pronta para correr no primeiro sinal de perigo. Se bem que... se ele fosse da Associação, já teria tentado me prender ou me atacar, não é?

— Então tem algum risco de a gente continuar morando aqui? — Rafael pergunta, seguindo bem de perto cada passo do Noel. Acho que meus amigos procuravam por respostas sobre esta casa há muito tempo.

Estico o pescoço para conseguir uma visão completa deles três lá no corredor.

— Hm... — Noa demora a responder. — Essa casa é cheia de energia espaço-temporal e eu acredito que vocês já tenham sido expostos a muitas doses dela. Se isso não destruiu a mente de vocês até agora, não vai destruir mais.

Nossa, que maravilha! Que alívio!

Reviro os olhos.

Fico pensando que, se Maycon e Rafael poderiam estar em perigo, imagina eu que literalmente fui parar em outra dimensão...

Observo a outra pessoa, que se apresentou como Gal, deslocada no sofá perto de mim, coçando o cabelo curto e mexendo sem parar na máscara que está no rosto. Ele parece tão incomodado quanto eu.

Depois que termina sua análise, o suposto alien se senta no sofá ao lado do Gal, parecendo aliviado e satisfeito. Eu diria até *feliz*.

Gal cutuca o amigo, que olha para mim e fica me estudando. Nós três nos mantemos em silêncio enquanto Maycon e Rafael continuam tagarelando sobre sua estranha casa mal-assombrada.

— O que você sabe sobre a menina que desapareceu aqui na cidade? — o Papai Noel pergunta de uma vez, olhando para mim. Sinto meu estômago revirar.

— Eu? — Engulo em seco.

— Sim. — Ele aponta o aparelho para mim. O bipe fica ensurdecedor. — Você pode se teletransportar entre dimensões, não pode?

Minha alma sai do corpo, e sinto que estou observando a cena do alto, como se não fosse comigo. Me esforço muito para respirar.

— Talvez...

Noa fecha a cara.

— A namorada do Gal desapareceu, e eu acredito que ela esteja perdida em outra dimensão. — Ele coloca as mãos no joelho e estica a cabeça na minha direção. — O que você sabe sobre isso?

Namorada?

Olho para Gal, que está com os ombros caídos e os olhos fundos. Meu coração aperta. Não consigo nem imaginar como deve ser difícil perder alguém assim...

— Ok. — Engulo em seco, tomando coragem. — *Talvez* eu tenha visto essa garota. — Encaro Gal, deixando um silêncio gelado nos dominar. Sei que todo mundo está olhando para mim. — Eu me teletransportava sempre, fazia pequenos saltos e tal. Mas um dia quis tentar algo diferente. Só que deu tudo errado, e fui parar em uma dimensão onde não tinha ninguém. Tipo, ninguém mesmo. Era...

— O Vazio. A dimensão entre dimensões — Noel completa, olhando para o amigo.

— Eu fiquei presa nesse lugar, não sabia como sair — continuo, ignorando a interrupção. Preciso explicar tudo, porque sinto que a história não vai fazer sentido sem isso. — Mas aí uma pessoa me ajudou. Aliás, duas. — Meu peito se aperta ao lembrar de Emma e Cobra. Sei lá de onde vem essa saudade que sinto deles, parece algo... de outra vida. — E eu estava tentando justamente voltar para essas pessoas quando apareci no corredor daquele prédio. Foi muito repentino, eu não estava me sentindo bem. — Coloco a mão na têmpora esquerda. A dor ainda está aqui, só aprendi a ignorar. Omito a parte da Associação, porque sinto que devo. — A minha cabeça estava me matando. Eu estava a ponto de desmaiar quando a porta do elevador abriu e a menina saiu de lá. Ela me perguntou se eu estava bem e veio na minha direção, acho que para me ajudar. Só me lembro que ela pegou na minha mão e, de repente, tudo ficou escuro. — Olho para Gal. — Era a sua namorada, tenho certeza.

Ele estreita os olhos. Sinto que quer me explodir.

— Você tem alguma ideia do que aconteceu com ela? — Mike me pergunta, de um jeito cuidadoso. Ele parece preocupado comigo, com aquelas verdades que eu tinha me recusado a revelar para ele, mas que agora contava para esses dois estranhos (sendo que um deles alega ser um alienígena, pelo amor de Deus).

— Não. Mas acho que, de alguma maneira, ela se teletransportou para outro lugar usando meu poder. Não sei por que não fui junto. Eu deveria ter ido junto? — Olho para o Noel. Espero que ele me dê alguma resposta para a infinidade de perguntas que tenho.

Ele dá um tapinha nas próprias pernas e começa a andar pelo cômodo, para lá e para cá.

— Não sei. — Ele parece estar fazendo milhares de contas ao mesmo tempo. — Você disse que estava tentando voltar para as pessoas que te ajudaram. Onde elas estão?

— Em outra dimensão — digo, simplesmente. Acho que não preciso explicar mais do que isso para ele.

Noel dá uma risada alta.

— É pra essa dimensão que temos que ir.

Capítulo 13

Emma

Sei que Alice vai embora. Entendi isso no momento em que nós duas nos acalmamos e processamos o que tinha acontecido.

Mais uma garota veio de outra dimensão e caiu na minha vida quase que por acaso. Ela nem deveria estar aqui para começo de conversa. Assim como a Trix. O mundo é mesmo cheio de regras sobre aonde as pessoas devem pertencer e normalmente não é perto de mim. Foi assim com o meu pai também, sabe? Ele foi embora e não voltou mais. Talvez tenha encontrado o lugar dele em outra dimensão.

O Cobra fica vindo aqui em casa o tempo inteiro, sem conseguir disfarçar que está preocupado comigo. Ele diz que vem pelas tortas, mas ninguém acredita. Engraçado porque quem anda pensando coisas demais a ponto de deixar os pensamentos escaparem é ele.

Eu contei para o Cobra que estou ouvindo alguns pensamentos dele? Não. Essa é a minha vingança.

Enfim, esse povo acha mesmo que sou boba. Não sou boba, só estou triste. Não se pode mais ficar triste? Eu hein!

140

Desde que a Alice roubou meus poderes, minhas pernas passaram a doer mais. Acho que aquele momentinho em que elas pararam de doer me fizeram esquecer como era a dor. E, quando voltou, minha tolerância estava mais baixa.

Ou talvez seja porque estou saindo de casa todos os dias para treinar, desde que Trix foi embora.

Treinar para o quê? Isso é que eu não sei.

Calço meus melhores tênis e corro até a casa da árvore. Estou mais devagar hoje do que estava ontem. Deve ser cansaço. Mas não quero parar, quero continuar correndo até chegar do outro lado do planeta, o que obviamente não vou fazer. Dou voltas e mais voltas, até perceber que o chão aos meus pés está afundando.

Por mais que eu esteja conseguindo controlar melhor a força das pernas quando corro, elas ainda causam estrago. Droga, daqui a pouco vão pensar que foi um óvni que fez essas marcas.

Passo o resto da manhã tentando consertar a cagada que fiz. Só não termino porque meus tênis perdem a sola e praticamente se desfazem. Então vou para casa descalça e chateada. É uma merda isso de ter um superpoder e não conseguir usá-lo direito, não conseguir nem saber até onde posso ir porque não tenho a porcaria de um tênis bom.

Não dá para ser tão incrível sendo pobre, né? Essa é a conclusão. Se bem que nem sei se existe algum tipo de calçado capaz de aguentar a minha velocidade.

De todo jeito, certamente um bilionário já teria chutado a lua com pernas como as minhas.

Não que eu queira chutar a lua. Nem sei o que quero fazer com esse poder. Aliás, não sei nem o que quero fazer na faculdade.

Paro de andar um pouco, esfrego o rosto e tento focar minha cabeça no que estou fazendo agora. Sei lá o que de *mindfulness*. Mas não consigo pensar com objetividade em nada. Meu estômago ronca e percebo que também não sei o que gostaria de comer hoje.

Continuo andando no automático até chegar em casa. O cheiro da comida me atinge assim que abro a porta e faz meu estômago roncar ainda mais alto. Minha mãe e Alice estão rindo de alguma coisa na cozinha e nem percebem quando entro. É incrível a velocidade com a qual minha mãe se apega às pessoas.

Grito que cheguei e vou direto para o banheiro.

Penso em todas as coisas indefinidas da minha vida, penso na nota do ENEM que ainda não foi divulgada, penso de novo no meu pai e na Trix e tento imaginar quantas dimensões me separam deles.

Então penso em Cobra.

Não quero admitir nem em pensamento, mas... acho que eu gostaria dele mesmo que seu corpo inteiro fosse coberto por escamas. Que droga! Eu gosto dele, pronto, admiti. É isso, gosto mesmo. Gosto até daquela mania irritante de ficar invadindo minha privacidade e lendo minha mente. Gosto do sorrisinho bobo que ele abre quando falo alguma coisa que acha fofa. Gosto até da calma com a qual reage nas situações mais bizarras.

Mas não queria gostar, porque ele é como o sol. Está sempre sorridente, sempre vendo as coisas pelo lado bom, sempre lidando com tudo sem surtar. E eu sou totalmente fora de rotação.

Nunca daria certo. A gente só estragaria tudo.

Não que esteja tudo bem agora. Mas sempre pode ficar pior.

E o Cobra, mesmo correndo, mesmo não falando comigo por dias, é alguém com quem posso contar se as coisas ficarem ruins. Eu sei que, se eu estender a mão em qualquer momento, ele vai estar lá para segurar.

A amizade dele é uma certeza. Ele está aqui, *nessa* dimensão. Ele corre, mas não vai embora. Não desaparece para sempre.

E sempre volta.

Tipo o sol.

Meu Deus, isso é estar apaixonada?

— A água da Terra não é infinita não, Emma! — minha mãe grita, me deixando irritada. Termino o banho rápido, desligo o chuveiro, me enrolo na toalha e saio do banheiro contrariada. Quase infarto quando dou de cara com ela parada na porta. — Cara feia pra mim é fome, mocinha.

Estalo a língua.

— Ih, mãe...

— Ih, nada! — Ela me empurra de leve em direção ao quarto. — Cê vai molhar o corredor todo.

— Tô indo — reclamo.

— Onde você estava a manhã inteira? — ela pergunta antes que eu consiga fechar a porta.

— Lá na casa da árvore.

— O Cobra tava lá? — Há uma insinuação na voz dela que me deixa desconfortável.

— Mãe, o Cobra é só um amigo. — Reviro os olhos. — E ele não tava lá.

— Hm. — Ela faz um bico. — Daqui a pouco a comida fica pronta.

Fecho a porta e me jogo na cama de toalha mesmo. Minhas pernas estão doendo além do que consigo ignorar, por isso fico quietinha, olhando para o teto, pensando e pensando.

Acordo com vozes exaltadas rindo de alguma coisa e falando alto. Demoro um pouco para reagir, vestir qualquer roupa e ir para a varanda que fica nos fundos da casa.

— Apareceu a margarida! — minha mãe diz quando me vê. Ela está sentada na ponta da mesa de pedra, rindo tanto que nem parece a dona Jana de sempre. Nossa, fazia tempo que eu não a via assim. Será que ela entende que a Alice não é dessa dimensão e, cedo ou tarde, vai acabar indo embora?

— Ela entende, Emma — Cobra fala baixinho, olhando para mim e puxando uma cadeira para que eu me sente junto dele. Ignoro e vou para o outro lado da mesa, me sentar perto de Alice.

Não te perguntei nada, penso bem alto.

— Acordou de ovo virado, foi? — retruca, num tom de voz grave.

— Minha filha, a comida tá em cima do fogão.

— Por que ninguém me acordou? — Cruzo os braços e começo a bater a perna, nervosa. O chão treme de leve. Paro.

— O Cobra foi lá.

Arregalo os olhos na direção do meu amigo. Meu Deus, será que ele entrou e me viu... dormindo sem...

— Bati na porta, mas você não respondeu. — Ele ergue as sobrancelhas, deve ter arregalado os olhos assim como eu.

— Ah... eu tava meio cansada. — Arrasto a cadeira para trás e vou para a cozinha. Alice me segue.

— 'Cê tá bem? — Ela me ajuda a tirar os panos de prato de cima das panelas.

— Tô — minto, sem a encarar. Pego um prato sobre a pia do lado do fogão e começo a colocar um pouco de tudo o que tem.

— Uhum... — Alice cruza os braços e se escora na lateral da pia. — A Emma da minha dimensão é igualmente teimosa.

— Pelo visto ter uma irmã famosa não me ajudou nisso, né?

Ela sorri.

— Come um pouco da farofa. — Aponta para um prato, tampado com outro prato, que está sobre a pia. Reparo nas luvas pretas que está usando e na blusa de mangas que vão até os pulsos. Está um calor dos infernos, mas ela faz isso para nos proteger.

— Eu... não gosto de farofa.

— O quê? Mas isso... — ela para, respira, abre os braços e continua: — ... isso é desvio de caráter.

Olho para o prato e realmente cogito a possibilidade. A última vez que comi farofa foi quando ainda era criança. Sou alguém diferente agora. E se meu gosto para isso também for? Não tem problema nenhum experimentar e mudar de ideia, né?

Alice está sorrindo de um jeito radiante quando coloco a farofa no meu prato. E decido que é esse sorriso que vou guardar quando ela for embora como todo mundo vai.

***

Peguei no sono depois de almoçar. Ando fazendo muito isso. Sinto meu corpo inteiro pesado, não apenas as pernas, mas a cabeça, os braços, os olhos. Aí eu durmo por horas.

Minha mãe precisou me acordar e me perguntar se eu queria levar tortas para o Cobra, mas eu não quis. Só que ela não me deixou dormir em paz e me fez contar setenta e duas vezes sobre o meu poder. Ela queria porque queria que eu explicasse como virei uma Mutante: Caminhos do Coração — palavras dela — do dia para a noite. Mas não tenho como explicar aquilo que nem eu mesma sei.

Ela acha que vou sair por aí correndo atrás dos bandidos, igual naqueles filmes estadunidenses em que o povo só sabe explodir as coisas.

Mas eu não vou.

Ainda assim, prometi que não vou combater o crime com minhas próprias pernas, porque isso é função da polícia. Então a gente começou uma conversa sem fim sobre a função da polícia e estamos aqui agora, uma olhando para a cara da outra, enquanto ela cata os feijões sobre a mesa.

— Tá, mas explica de novo isso de dimensões.

— Bom, vou falar o que eu acho que é. — Pego os feijões, ainda sonolenta. — Todos os dias a gente escolhe entre uma coisa ou outra, e isso abre várias possibilidades. Hoje, por exemplo, eu quis ficar aqui ajudando a senhora em vez de ir lá na casa do Cobra levar tortas pra ele. — Coloco um dos feijões separado dos outros. — Em alguma dimensão, eu escolhi ir para a casa do Cobra em vez de ficar aqui. — Pego outro feijão e coloco em outra parte da mesa. — Todos esses feijões seriam dimensões diferentes, separadas umas das outras.

— E como a Patrícia e a Alice saíram da dimensão delas e vieram parar aqui?

— O poder da Trix é se teletransportar e ela, sem querer, acabou indo de uma dimensão pra outra.

— Mas *como*?

— Eu não sei tudo, não, mãe! — Bato de leve na mesa e os dois feijões separados rolam até se misturarem com os outros. — O que sei é que ela não podia ficar aqui, porque não pertence a essa dimensão ou algo do tipo.

— Será que existe uma Patrícia aqui nessa dimensão?

— Não sei. — Não vou negar que já pensei nisso e fiquei horas procurando por ela no Instagram. Eu obviamente não a encontrei. Patrícia é um nome muito comum, e das Trix que vi nenhuma era ela. — Deve existir.

— Você sente falta dela, né, filha? — Minha mãe me olha de um jeito estranho.

— Ela não era minha namorada, viu, dona Jana?

— E o Cobra? — Puxa os feijões para perto dela.

— Também não. Não tenho namorado nenhum! Nem namorada. Nem namorade. Nem *crush*. Nem nada. — Não sei por que sempre me irrito com esse assunto.

— Ai, tudo bem, não tá mais aqui quem falou! — Ela levanta as mãos, mas sei que não vai demorar para me perguntar a mesma coisa de novo e de novo.

Já não sei mais o que fazer para que ela entenda que não funciono assim, que *nem quero* me apaixonar por ninguém, exceto o Cobra, talvez. Mas não quero pensar sobre isso. No momento, acho que eu realmente prefiro combater o crime com minhas superpernas do que namorar alguém...

Capítulo 14

Cobra

Emma está ficando cada vez mais perdida nos próprios pensamentos à medida que o tempo passa. E eu estou tão preocupado com ela que chega a doer.

Ela contou para a Tia Jana sobre nossos poderes, mas não falou comigo sobre isso. Fiquei só na suposição. Tia Jana, assim como a minha mãe, não fez alarde, não chamou um padre para nos benzer e não entrou em contato com o Tony Stark.

Uma reação boa, que me surpreendeu.

Tipo, do nada, uma garota vinda de outra dimensão aparece no seu freezer e você descobre que sua filha e o amigo têm superpoderes.

Eu, certamente, teria...

Bom, não sei o que eu teria feito. Não ensinam a gente a reagir a uma coisa dessas.

Talvez mães sejam mesmo especiais. Talvez elas tenham o dom de aceitar os filhos, mesmo que eles sejam diferentes do que a sociedade diz ser normal. Ou talvez as nossas mães sejam assim porque nós já éramos diferentes antes, né? Talvez elas já estivessem preparadas para tudo, incluindo filhos com superpernas e olhos de cobra.

Fico me perguntando como é a família da Alice. Será que estão preocupados com o sumiço dela? Será que tem alguém do outro lado que se importa?

O que aconteceria com a minha mãe se *eu* sumisse? Não sei por quê, mas pensar nisso me dá um frio estranho na barriga. Lembro do trio que me abordou e penso como seria se eu entrasse para a equipe de heróis deles, mas afasto logo a ideia. Acho que Alice estar presa aqui, assim como Trix ficou presa na dimensão vazia, me faz pensar demais nas consequências de ter um superpoder, para além de me modificar fisicamente, mas... nas responsabilidades e nos perigos também.

Tentei encontrar essa resposta vasculhando os pensamentos da garota que apareceu no freezer, mas Alice é uma pessoa muito simples. Quando está perto da gente, costuma pensar sobre o que está fazendo no momento e sempre se lembra de alguém que se chama Gal. São pensamentos tão afetuosos que, sinceramente, queria que Emma pensasse em mim desse jeito.

Mas ela só me agride, cara!

Eu queria fingir que não fico nem um pouco inseguro por gostar tanto de Emma e ela parecer não retribuir o sentimento, mas fico. Ultimamente me peguei avaliando demais as mudanças que meu corpo vem sofrendo, as escamas e os olhos de cobra, além das inseguranças que sempre estiveram comigo, como: minhas pernas são muito finas? Será que sou alto demais para ela? Se bem que qualquer um é alto demais para Emma. Será que eu sou... feio?

E aí dou dois tapas na minha cara e tento pensar em outra coisa.

Sendo bastante honesto, não sei se acreditaria se Emma dissesse que gosta de mim e me acha bonito do jeitinho que sou. Mas eu gostaria de ouvir.

Ela só não parece disposta a falar e tá tudo bem, mas não tá tudo bem.

— Ei! — Alice me tira do momento *Insegurança do Dia*, gritando por cima de "New Divide". Ela está parada no batente da porta do meu quarto, com sua habitual máscara, olhando para mim não sei há quanto tempo, já que divaguei tanto nos meus próprios pensamentos que não ouvi os dela. Só quando ela ergue um saquinho de papel pardo é que entendo sua aparição. Pulo da cama sem pensar duas vezes e corro para pegar minhas tortas. — Sua mãe disse que eu podia subir. Dona Jana que mandou, ela... Bom, ela mandou dizer que você pareceu triste no almoço e que tortas vão te deixar feliz.

Tia Jana sempre acerta.

— Ah, tudo bem! Obrigado — respondo no automático, erguendo a mão para pegar o saquinho, mas Alice demora alguns segundos para soltá-lo. Passo a mão no rosto e percebo que não estou com meus óculos.

Gelo por alguns segundos, sentindo o ar ficar pesado e frio ao meu redor, e me viro para me esconder do melhor jeito que posso.

— Desculpa ficar encarando. — Ela me entrega o saquinho. — É que... é incrível!

Então seus pensamentos ficam serenos. Alice pensa em si mesma passando a mão nos cabelos curtos de uma pessoa, até bastante parecida comigo, e...

— Gal ia gostar de você — fala. Ou só pensa, talvez? A música está tão alta que não sei distinguir. Viro um pouco a cabeça e a encaro por algum tempo. Nada mais passa por sua mente, ela só espera que eu fale algo.

Queria dizer que a gente não deve ficar encarando as imperfeições dos outros, mas tenho a impressão de que são justamente as imperfeições o que Alice acha mais bonito. Há algo nela, no jeito como pensa, como parece ver as pessoas... Sinto inveja desse Gal. Não por ter Alice, mas por ter alguém como Alice.

Eu estou ficando mais amargo conforme minhas escamas se espalham. Essa que é a verdade!

— Olha, não tem problema, viu? — digo, o mais suave que consigo, mas sai meio rude. — Obrigado pelas tortas.

— De nada — ela diz de um jeito muito sereno. Eu achava que era calmo, mas Alice parece ser muito mais. Mesmo com o susto de descobrir que tem um superpoder e ir parar em outra dimensão. — Que banda é essa?

— Linkin Park. — Sento na ponta da cama, a julgando mentalmente por não conhecer a banda, e abro o pacotinho. — Quer torta?

Ela dá uma risada.

— Não, já comi várias. — E completa, depois de um tempinho: — Dona Jana quer que você passe lá mais tarde.

— Ela tá preocupada com a Emma, não tá? — pergunto de boca cheia.

Alice se aproxima um pouco, mas ainda mantém uma distância de mim.

— Esse rolê de poder desestabilizou até a mim, que já sou adulta.

— Ah, mas você nem é tão mais velha assim. — *E não conhece Linkin Park, que vergonha!*

— Você ainda vai ver como cinco anos podem fazer diferença, viu?

— Hm. — Estalo a língua. — A tia Jana podia ter me mandado uma mensagem, não precisava ter te dado esse trabalho de vir até aqui.

— Uai, tem como enviar torta pela internet? Eu não conhecia essa tecnologia.

Quase engasgo com a risada que dou. E, que saco, a Alice é legal.

A música muda para "Leave Out All The Rest".

Fico sério de repente, o peito apertado.

— É, eu só espero que tudo dê certo — ela diz, pensativa. E eu não consigo nem imaginar como deve ser difícil ficar preso em outra dimensão.

— Nós vamos descobrir um jeito de te levar para casa — prometo, mesmo sem fazer ideia de por onde começar.

— Tomara que sim.

Capítulo 15

Trix

Noa explicou o que tenho que fazer e, apesar de não ter entendido nada sobre como isso vai funcionar, tenho certeza de que consigo cumprir a tarefa. Ele basicamente vai usar meu poder e a energia espaço-temporal da casa para abrir um portal para outra dimensão.

O arrepio nos meus braços me mostra que estou ansiosa para ver Emma e Cobra — se nossa teoria estiver certa e a namorada do Gal realmente tiver ido parar no lugar aonde eu deveria ter ido.

Relaxo um pouco, mas permaneço com os braços cruzados, observando Gal e o Papai Noel daqui de trás do sofá.

— Ei, Noa — chamo. — Como funciona esse lance de poderes?

Se tudo está conectado como acho que está, é a energia espaço-temporal que foi a responsável pelos meus poderes, assim como os do Cobra e da Emma.

— É a genética de vocês, humanos, reagindo à energia espaço-temporal.

Viu?

— Sim, mas por que eu posso me teletransportar e outras pessoas apresentam habilidades diferentes? E por que algumas pessoas são expostas a essa energia e não têm poderes? — Olho para Rafael e Maycon, que estavam conversando, mas pararam para nos ouvir.

— É algo que já estava com você, um desejo profundo. Talvez você quisesse estar em outro lugar. Mas não tenho respostas para todas essas perguntas, infelizmente. — Ele se aproxima de mim e coloca o dispositivo na altura do meu peito.

Olho rapidamente para Gal e torço para tudo dar certo.

— Você tem certeza que quer fazer isso? — Mike pergunta baixinho, perto do meu ouvido. Minha pele arrepia, mas ignoro.

Não estou com medo de dar errado. Estou com medo de dar certo.

— Tenho. Preciso consertar as coisas.

— Tudo bem, mas... — Ele analisa a sala, pensando o mesmo que eu. Sim, estamos confiando em dois estranhos.

— Foi você que deixou eles entrarem, Mike — brinco.

— Isso não vai machucá-la? — meu amigo pergunta para Noa.

— Forçar a abertura de um portal para outra dimensão é muito perigoso. Ninguém deveria fazer isso.

— Nossa, obrigada pelo incentivo — bufo, fazendo um joinha irônico.

Noa ri, meio sem graça.

— É um caso extremo... e temos você. Se não fosse por isso, eu jamais arriscaria.

Solto o ar devagar e repito para mim mesma que preciso consertar as coisas. É por culpa minha que a namorada de Gal foi parar em outra dimensão.

Quando Noa termina de fazer sabe-se lá o que está fazendo e me dá um ok, fecho os olhos e tento reproduzir a voz do Cobra na minha cabeça. O rosto dele já se esvaiu da minha memória, então penso em Emma. Nos cabelos cor-de-rosa, na pele marrom-escura... Tudo à minha volta fica gelado. Sinto meu corpo se desfazer lentamente e pairar acima do tempo, como a poeira que se aloja sobre os móveis de uma casa velha. Então explodo como uma supernova.

Noa não abriu um portal.

Eu sou o portal.

***

Estou na casa de Maycon e Rafael, mas não é a casa de Maycon e Rafael. Parece o lugar que vi quando escapei da Associação.

Dou um passo para a frente e o barulho de vidro se quebrando me faz olhar para baixo. Há pedaços de um espelho jogados por todo o chão, pairando na altura da minha canela e da minha coxa, rasgando minha calça jeans.

Grito alto quando vejo duas mãos lilases agarradas aos meus tornozelos. Olho para trás e vejo a figura arroxeada se agarrando ao meu corpo com desespero, como se precisasse disso para sobreviver.

Tento me desvencilhar dela, mas acabo caindo no chão. Os pedaços de vidro cortam meus braços e meu rosto, e chuto a criatura enquanto protejo os olhos com as mãos.

Aperto as pálpebras, penso nos meus amigos, na minha casa, na minha mãe. Lilás era a cor de esmalte que ela mais odiava. Toda vez que uma cliente pedia aquela cor, ela revirava os olhos. Eu odeio lilás também. Odeio essa criatura agarrando meus pés, porque sei quem ela é. Abro os olhos só para ter certeza. Lilás me encara com os olhos arroxeados. Ela sou eu.

Grito e aperto os olhos, porque não sei mais o que fazer. Quero que esse pesadelo acabe. Desejo isso com todas as minhas forças.

Então acordo no chão da sala de Maycon e Rafael.

Meus amigos não estão lá, mas está tudo no lugar. Não há criatura agarrada nos meus tornozelos, não há Papai Noel alienígena. Meu corpo está intacto, sem as feridas feitas pelos cacos de vidro.

Nem acredito que foi tudo um pesadelo.

Eu me levanto devagar e me encaro no enorme espelho que está no lugar onde a televisão deveria ficar. Meu cabelo está enorme, todo solto com exceção de dois coques pequenos, formando orelhinhas de bichinho sobre minha cabeça. Isso, junto com minha calça jeans rasgada e meu cropped, faz com que eu pareça a piriguete fofa que eu sou.

O problema são os olhos.

Eles estão completamente roxo-neon.

Desvio o olhar. A sala inteira está repleta de espelhos, em tamanhos e formatos diferentes. A luz arroxeada entra pela janela, pela porta, por fendas abertas entre os espelhos, por todos os lugares possíveis.

Observo meu reflexo em cada um dos espelhos. Eu esperava encontrar diversas versões de mim mesma, como Maycon e Rafael dizem ver, mas só tem eu. Tipo, euzinha mesmo, o meu reflexo.

Achei bem sem graça.

Vou andando pela sala, em direção à cozinha, mas esse lugar não se parece mais com a casa dos meus amigos. De repente, eu paro e me vejo no quarto de Emma, de um ângulo diferente. É como se eu estivesse... presa na parede, como se eu *fosse* a parede.

Não sinto meu corpo. Não tenho braços, nem cabeça, nem pernas. Sou infinita. Eu sou... o próprio tempo, sou o espaço que separa as dimensões.

Eu realmente sou um portal... Aquele Papai Noel filho de uma égua!

Vejo tudo desfocado, mas consigo perceber pessoas se movendo até uma luz branca e forte começar a me incomodar. Tento fechar os olhos, mas não tenho olhos. Algo me puxa com força, como um monstro agarrando meu pé durante a madrugada.

A luz vai embranquecendo. Tudo está branco ao meu redor. Paredes brancas me cercando e me prendendo. Tenho pernas de novo e tento sair correndo, mas tropeço em algo. Quando olho para o chão, vejo Lilás caída, choramingando encolhida, deitada em posição fetal.

Ah, mas que merda!

Ouço um bipe alto, uma, duas, três, quatro vezes.

Um clarão verde, meio neon, faz minha visão escurecer. Quando meus olhos focam novamente, estou de volta à sala de Maycon e Rafael. Noa está me encarando com os olhos arregalados.

— Uau! — Ele dá uma risadinha. — Isso foi espetacular!

Parte 3

Emma, Cobra e os Dissidentes

Parte 3

Emma, Cobra e os Dissidentes

Capítulo 1

Emma

Alice está encarando o céu pela janela do meu quarto há horas. E eu não consigo pensar em nada para falar. Fico olhando para ela, vejo quando seca uma lágrima. Acho que ela não vê a hora de voltar para casa.

Uma batida na porta.

— Posso entrar? — Desde quando o Cobra bate antes de se meter no meu quarto.

— Não — eu digo. Mas Alice responde que ele pode no mesmo instante.

Reviro os olhos.

— Sua mãe está chamando para jantar — ele informa, sem se aproximar.

— Tá bom. — Eu me levanto e me espreguiço. Alice continua parada na janela.

Nós precisamos descobrir um jeito de ajudar, penso para que Cobra escute. Ele apenas aperta os lábios e encurva mais os ombros.

— Vem, Alice, vamos comer! — chamo. Mas, antes que ela possa sequer olhar para mim, um som de metal sendo cortado faz minha cabeça doer. Olho para trás. Tem um portal se abrindo na parede do meu quarto. A parede da Trix. E tem alguém saindo dele.

Recuo, com medo de ser a Associação.

— Gal! — Alice grita com a voz aguda, mas de um jeito tão profundo que dá para sentir a saudade dela. Ela abraça forte a pessoa que vinha na frente e acho difícil dizer quem está chorando mais.

— Humanos... — Um Papai Noel (não é brincadeira!) surge do portal.

É sério, um Papai Noel...

Olho com expectativa para o portal, na esperança de ver Trix.

— Que barulho foi... — Minha mãe se junta à reunião, mas tudo o que consigo fazer é ficar olhando para Alice e Gal.

— Como você tá? — Ele segura o rosto da namorada. Tão fofinhos.

— Bem — ela responde baixinho.

— Nós temos que ir. — O Papai Noel encosta a mão no ombro de Gal, que não parece querer soltar a namorada, mas solta.

— Vamos pra casa! — Puxa Alice com a mão, mas a garota não se move. Ela olha para nós de um jeito carinhoso.

Cobra a abraça sem jeito e fala algo que não escuto. Depois é a vez da minha mãe. Meu estômago aperta quando percebo que dona Jana nunca vai admitir, mas vai chorar mais tarde no quarto. E amanhã, quando for cortar as cebolas, vai fingir que é por isso que está com lágrimas nos olhos. E nós duas vamos fingir que uma garota estranha no nosso freezer foi algo que nunca aconteceu.

Demoro um pouco para criar coragem de me despedir dela, mas faço isso depressa. Nos abraçamos e eu me afasto.

Pelo menos *ela* eu consegui abraçar e dizer tchau.

— A gente ainda vai se ver, Emma. — Ela sorri com aquela serenidade de sempre e eu retribuo o sorriso, acreditando de verdade no que diz.

Caramba, sabe? Eu tenho superpernas. O que é o impossível além de uma barreira que já cruzei?

Um vento frio arrepia minha pele e esfrego os braços para me esquentar. Gal olha diretamente para mim.

— Emma? — Por um segundo, acho estranho. Daí eu me lembro que eles têm uma Emma como vizinha lá na outra dimensão e apenas sorrio.— Noa, o que a gente faz agora?

— Volta para casa. — O Papai Noel agarra as mãos dos dois. Alice olha para nós, chorando bastante, e só agradece por tudo.

— Foi incrível — diz, antes de os três sumirem dentro da abertura na parede.

Ao contrário do que pensei, estou aliviada. Feliz que Alice está com quem ama, que vai para casa.

O portal se fecha de uma vez.

— A Trix não veio... — Cobra parece ter levado um soco na barriga.

— Ah, meu filho, você vai encontrar sua amiga de novo. — Minha mãe dá um tapinha no ombro dele e sai do quarto, com certeza para chorar sem que ninguém a veja.

Ficamos ali parados, olhando um para o outro, depois para a parede e depois para o nada.

— Eu achei que ela fosse vir, você não? — Ele olha para mim.

— Não — minto.

— Por que não?

— Porque... quando foi que as coisas deram certo pra nós? — Dou um tapinha no ombro dele, igual minha mãe fez. Cobra faz um bico. — Mas, relaxa... sempre pode piorar.

— Aff, Emma! — Meu amigo me puxa para um abraço. Eu me encaixo tão perfeitamente no peito dele que poderia ficar ali pelo resto da noite.

Eu poderia ficar ali para sempre.

Capítulo 2

Cobra

Saio da casa da Emma antes do jantar e mal consigo dormir. Fico a noite inteira me revirando no sofá, pensando mil coisas. Tentando processar. Meu *crush* em Emma e nossa amizade, minhas escamas e inseguranças. Penso em poderes e responsabilidades, em dimensões e no tempo, em Trix, Alice e naquele trio estranho que me abordou na rua.

As duas foram embora, tudo deveria estar em seu devido lugar. Então por que me sinto tão deslocado, como se a história estivesse fora da ordem? Como se eu tivesse perdido algo que nunca tive.

Não faz sentido.

Me levanto antes de o dia nascer e vou andar um pouco.

Viro a rua e me sento em um dos balanços da praça. Preciso pensar com calma, em silêncio. Está cedo, então está tudo vazio. Fico assim, quieto, me movimentando devagar no balanço por um tempão até ouvir pensamentos perto de mim.

Urso.

Eu me lembro do nome porque achei irônico alguém tão baixinho ser chamado de urso. Será que é urso de pelúcia e não do animal?

— Como você sabia que eu estaria aqui? — É uma pergunta séria e não uma curiosidade boba, e eu a faço assim que Urso se aproxima o suficiente para eu confirmar que é ele mesmo.

— Eu *sei* coisas, Cobra. — Urso se senta no outro balanço, e fica batendo os pés na areia.

Não faço ideia do que quer dizer com isso. Talvez seja seu superpoder, talvez ele venha do futuro. Reparo em seus cabelos cacheados e grandes, a barba rala escapando por baixo da máscara, a pele negra e os óculos de grau redondos. Urso tem um olhar bonito, parece sincero.

— Você veio me chamar de novo para fazer parte da sua equipe de heróis?

— Não somos heróis — diz, seco, mas aparenta sorrir logo em seguida. — Chegou a pensar na nossa proposta?

— Não — confesso. A verdade é que nem deixei esses pensamentos entrarem na minha cabeça diante de tudo o que estava acontecendo. — Nem pensei que vocês voltariam.

— A gente não desiste fácil.

— Nesse caso deveria. A última coisa que preciso agora é desse tipo de problema.

— Mas você não ficou nem um pouco curioso?

— Não. — É verdade.

— É, então nós falhamos mesmo. — Ele se levanta.

— Espera! — digo no automático. Não quero que vá embora. Seria legal conhecer mais pessoas com superpoderes, não para montar uma equipe, mas só para... sei lá, não me sentir tão sozinho e estranho. — Me fala mais sobre essa proposta. Não tô dizendo que vou aceitar nem nada...

Urso volta a se sentar no balanço, com as duas mãos na corrente e olhando para mim meio de lado.

Ele é bem bonito.

— O que você quer saber?

— Quem são vocês *de verdade*.

— Eu *sei* coisas, como já disse. E usei isso pra encontrar outros como eu. Primeiro veio Cams, que eu conheço desde criança, depois Gi, quando vi uma notícia sobre ventos absurdos em Salvador.

— Então você *é* o Professor Xavier.

Urso dá uma gargalhada tão alta que me assusta um pouco.

— Com bem mais cabelo e nenhum dinheiro, talvez.

Começo a rir também. Acho que um pouco é de nervoso. Ando tão tenso nos últimos dias... Preciso rir mais.

Ficamos rindo como dois bobões até eu me esquecer por que estávamos rindo para começo de conversa.

Retomo o assunto.

— E como você faz para vir para essa dimensão?

— Com isso aqui. — Urso tira um aparelho pequeno do bolso, parece um controle de portão automático. — Isso aqui é uma chave. E, como toda chave, abre portas. — Ele me encara de um jeito tão profundo que me desconcentro.

— Você vem... do futuro? — Quase me arrependo da pergunta por achar algo muito bobo de perguntar.

Urso sorri, ou pelo menos parece sorrir, e eu sigo desconcentrado.

Nossa, o que está acontecendo?

— Será? — Urso devolve.

Tento ler a mente dele para saber se está brincando comigo ou mentindo, mas não consigo.

Deve ser o sono, ou, enfim, qualquer outra coisa.

O aparelhinho dele apita.

— Tenho que ir. — Urso se levanta para ir embora, e eu o seguro pela mão.

— Mas você não me disse quase nada.

— Prometo que volto, só não posso dizer quando.

Minha mão que está segurando a dele começa a suar. Acho que estou tendo um treco.

Por que ele me deixa tão confuso?

Urso sorri para mim e perco tudo.

— Eu volto. Mesmo.

E, por incrível que pareça, é exatamente isso o que meu coração quer.

Capítulo 3

Trix

Pego no sono — ou desmaio de novo. Quando acordo, não sei dizer o que foi real e o que não foi. Por um momento, acho que estou na minha casa e que tudo o que rolou nas últimas semanas foi um grande pesadelo.

Só que esse sofá não é o meu colchão desgastado. É novo e limpinho.

É o sofá de Maycon.

De Maycon, porque, se dependesse de Rafael, não seria assim tão bem cuidado, vamos falar a verdade!

Meu amigo está tomando café, sentado no chão à minha frente.

Quando vê que acordei, ele deixa a caneca no chão e aproxima o rosto do meu. Ele não devia fazer essas coisas, viu? Meu coração acelera tanto que até o Mike deve conseguir ouvir as batidas.

Que ódio!

— Ah... — Faço força para me levantar, mas percebo que todas as minhas energias foram sugadas. Desisto.

— Você não acha que passou da hora de me contar o que está acontecendo?

— Acho que nem precisa, né?

— Lógico que precisa. — Ele se afasta um pouco, e eu respiro, aliviada.

— Ai, Maycon! — Eu me viro no sofá e olho para o teto. — Qual parte do "posso me teletransportar tipo o Noturno, meu poder atrai uma Associação de supervilões que está me perseguindo e o único lugar seguro parece ser sua casa, que, por sinal, é mais estranha do que eu" você não entendeu?

Ele me encara um pouco assustado.

— Supervilões?

— É... — Não falei sobre a Associação para Noa porque achei que o mais importante no momento era focar em Alice. — Olha, Maycon, eu sumi por semanas e ninguém sentiu minha falta. Nem você. — Jogo na cara porque não sou obrigada a ser cobrada por uma preocupação que ele também não teve.

— Paty, você se afastou...

— Não precisa se justificar. E, sinceramente, eu também não. — Consigo me levantar. Acho que a raiva me dá energia.

Bom saber.

Maycon pega sua caneca no chão e a leva para a cozinha em silêncio. Estou pronta para sair correndo daqui e deixar meu destino nas mãos de sei lá quem, mas fico tonta.

Noa aparece pela porta da cozinha.

— Bom, acho que salvei o Natal, né? — Noa solta uma risada alta, colocando a mão na barriga. — Ho, ho, ho.

Que ridículo. Amei!

— Deu tudo certo? — pergunto, ainda meio tonta.

— Mais ou menos. — Ele se senta no sofá.

— Mais ou menos?

— Você talvez seja mais poderosa do que pensei, mas isso não é bem um problema.

Não sei se isso deveria me deixar aliviada.

— E agora, o que a gente vai fazer?

— Nada.

— Você não precisa conferir se o tempo e o espaço voltaram ao normal?

Noa ri de novo. Uma risada tão gostosa que me faz sorrir.

— Não há normal, Patrícia. Mas eu preciso mesmo conferir se a Alice e todos os outros humanos estão no lugar e no tempo certos. — Ele dá um tapinha nas pernas e me encara de um jeito profundo. — Uma vez que as feridas no espaço-tempo começam a ser abertas, não dá mais para fechá-las.

Meu estômago gela com essa informação.

Eu sou uma ferida no espaço-tempo.

***

Gal e Alice estão grudados, Maycon e Rafael também.

E tudo o que eu queria era que alguém me abraçasse.

Nesses dias que passei aqui, evitei contatos. Não sei o que houve comigo, mas acho que precisei me acostumar a ficar sozinha, distante e isolada por causa da quarentena, e só a ideia de alguém encostar em mim me deixa nervosa.

Me sinto uma bruxa por chamar Alice em um canto e afastá-la de Gal, mas precisamos conversar.

— Quero me desculpar com você por... Bem, por ter te mandado para outra dimensão — digo, toda sem jeito.

— Não foi culpa sua. Eu não sabia que era a Vampira do X-Men. — Acho gentil da parte dela. E amo o fato de ela também usar referências de X-Men para se fazer entender. — Eu não sabia que eu não podia tocar pessoas superpoderosas porque roubo o poder delas. Eu nem sabia que *existiam* pessoas superpoderosas.

Amiga, e quem é que sabia?

— Pelo menos deu tudo certo no final. — Tento soar animada, mas não consigo.

— A Emma e o Cobra sentem muito a sua falta. — Alice procura meus olhos. Sinto algo balançar dentro de mim, como uma criança feliz.

— Meus amigos estão bem... lá na outra dimensão? — pergunto o que, no fundo, é o que mais me importa. Com todo o respeito por Alice.

Ela hesita um instante antes de responder.

— Estão.

Não gosto do tom, mas talvez seja só coisa da minha cabeça.

Que droga, eu queria tanto poder vê-los de novo.

Preciso encontrar um jeito de voltar para eles. Nem que seja por meio segundo.

Mas, antes de tudo, preciso entender o que está acontecendo.

E Noa só sai daqui em seu trenó (carroça) quando me explicar tudo, tim-tim por tim-tim.

Eu chamo para conversamos lá fora e ele vai lá para o terreiro, carregando um banquinho. Arrasto uma cadeira, e ninguém se importa com o barulho. Os meninos, Gal e Alice estão distraídos em suas próprias histórias e reencontros. Posiciono a cadeira ao lado de Noa e me sento. Ele não está mais vestido de

Papai Noel, mas manteve o tom magenta quase vermelho em sua túnica e a máscara no rosto. Parece, sei lá, um santo gay.

— Esse rosa era a cor preferida da minha mãe. — Aponto para a roupa dele. — Ela amava pintar minhas unhas de um rosa-choque bem *cheguei*.

Solto o ar e olho para o céu, encostando minha cabeça na parede. A falta da minha mãe é a presença que nunca consigo ignorar, como uma sombra bem diante dos meus olhos, me acompanhando em todos os lugares.

Fica um silêncio profundo no ar. Noa não fala nada, e eu me pergunto se ele sabe o que é perder a mãe.

— Não sei. Nós não temos mães.

Por "nós", presumo que seja o povo dele.

— E como é que vocês são... — demoro a achar a palavra — ... feitos?

Ele ri.

— Não somos feitos. Não mais. O último nascimento da minha espécie foi há muito tempo.

— Uai, então se ninguém do seu povo nasce...

— ... nós estamos beirando a extinção — completa o que eu não tive coragem de falar.

— Deve ser muito triste... ver o fim da sua espécie.

— Ah. — Ele balança os ombros. — Eu sempre convivi com esse fim iminente.

Também balanço meus ombros.

— Continuo achando bem triste.

Ele dá outra risadinha.

— Vocês, humanos, são realmente impressionantes. — Noa olha para mim. Há um brilho diferente nos olhos dele. — Por isso que decidi ficar.

— Hein?

— É, vou ficar por aqui na Terra. Tem algo muito errado acontecendo aqui e desconfio que você saiba o que é.

— Eu?

— Sim. Você conheceu uma mulher chamada Roberta?

— Você conhece essa maldita? — quase grito.

— Infelizmente.

— Quem é ela?

— Uma desocupada — Noa soa bem chateado. Sorrio.

— Ela diz que eles são uma Associação.

Noa bufa.

— Associação... Ridículos.

— Mas quem são eles?

— Quando meu planeta foi destruído, pedaços dele se espalharam pelo espaço-tempo. Os poucos de nós que sobreviveram se comprometeram com a missão de encontrar anomalias causadas por esses fragmentos e conter grandes danos. A Roberta era uma Rastreadora, assim como eu, mas deixou de trabalhar para os interesses da Ordem há muito tempo. Ela e outros abutres agora trabalham por interesse próprio, tentando encontrar maneiras de obter poder. — Revira os olhos.

— E essa tal Ordem não fez nada?

— Me mandou para cá. Mas a Ordem está no fim, assim como tudo o que envolve o meu povo.

— E aí a gente que lute para se defender da Associação, né? — Cruzo os braços.

— Eles têm poder, mas são limitados. Se escondem no Vazio entre dimensões e manipulam suavemente as linhas do tempo.

Meu povo nunca foi de se esconder no Vazio. Essa Associação é uma vergonha. — Noa realmente está puto. — Em vez de procurarem um lugar para viver os últimos anos de suas existências em paz, não desapegam das ideias de poder que destruíram nossa espécie.

Não entendo nada do que ele diz e nem sei se quero entender. Então deixo o silêncio nos dominar mais uma vez. Tenho tantas perguntas para fazer, mas só consigo pensar em uma:

— Meus amigos estão em perigo? — Não estou falando só de Mike e Rafa, e acho que Noa sabe disso. Ele olha para mim e fica me encarando por um instante.

— Creio que não. Acho que a Associação quer só você. Seu poder é... algo que era raro até entre o meu povo. Você não faz ideia da quantidade de energia que é necessária para se teletransportar entre dimensões. E você faz isso *sozinha*. — Ele para e olha para o chão, antes de voltar a me encarar. — Quando te escaneei mais cedo, vi que... Vi que... você não existe mais, Patrícia.

— Quê? — Arregalo os olhos. Não entendi foi nada.

— A Associação te apagou de todas as outras dimensões para tirar sua força e sua identidade. — Ele me olha com tristeza. Parece grave, mas sigo sem entender. — O que tô dizendo é que só existe uma Trix, de uma infinidade de possibilidades. Eles te apagaram de todas as outras dimensões. Toda escolha que você faz é única, não abre possibilidades. Você agora existe acima disso, acima do tempo, assim como o meu povo.

Minha expressão deve ser o próprio meme da Nazaré Confusa, porque ele vira um pouco o banquinho e coloca as mãos sobre os meus joelhos.

— Cada escolha que a gente faz abre uma nova existência. Existem infinitas possibilidades de você em infinitas dimensões. O meu povo, ao manipular o tempo e o espaço, desenvolveu um jeito de transformar nossas escolhas em únicas, sem abrir esses fios cheios de possibilidades. E isso nos colocou fora do tempo e do espaço, como aqueles que vocês, humanos, conhecem. Então, se eu escolho ficar na Terra, não existe uma versão minha que escolheu não ficar. Sou único. Tudo o que me envolve é único. E, agora, sua existência também é assim, Trix, é única. Ela não respeita o tempo e o espaço.

— Você disse que eles não são tão poderosos e agora tá me dizendo que eles *me apagaram*?

— Acredite, poderia ser pior...

Eu me levanto. Não dá para acreditar nessa história.

— Calma. — Ele segura meu braço. — Tem mais coisas que você precisa saber.

Reviro os olhos.

— Hm? — Cruzo os braços quando ele me solta.

— Existir fora do espaço-tempo torna você especial. É uma vulnerabilidade que eles podem usar, porque você perde sua conexão com tudo o que te prende a uma dimensão e pode acabar se perdendo. Mas é uma força também. Você não vai mais enxergar os limites entre as dimensões, acho que é por isso que em vez de *abrir* um portal, você *se tornou* o portal. Você também não vai mais ver o tempo de um jeito linear. No começo, pode ser assustador para uma humana, mas acredito que você vai tirar de letra.

— E o que impede que eles me apaguem de tudo?

— Nada. Mas, se eles quisessem, já teriam feito. Acho que eles querem justamente o contrário, querem dominar você e o seu poder. Querem te usar. O ponto é que... Como vou explicar isso? — Ele se levanta. — Meu povo era muito parecido com vocês. Biologicamente falando. A gente tinha cabelos e mãos com cinco dedos. Dois braços, duas pernas, uma cabeça. É até um pouco assustador. Enfim... quando a gente descobriu como "sair do tempo e do espaço", fomos perdendo a forma e a conexão com o que a gente era enquanto espécie. Nos tornamos seres metamorfos, sem corpo fixo. E, quando o planeta foi destruído, o resto de conexão que a gente tinha com nossa raiz foi perdido.

— É o que vai acontecer comigo?

— Acho que não. Mas é o que pode acontecer com os humanos daqui a centenas de anos se vocês se deixarem seduzir por esse poder como nós nos deixamos. Eu acho que é isso o que a Associação quer: usar vocês, moldar a sociedade de vocês para tentar fazer com que, dessa vez, o uso desse poder dê certo. Acho que eles querem uma segunda chance.

— Usando outro povo e destruindo outro planeta...

— Esse é o problema.

Respiro fundo. Star Trek me prometeu que esse rolê de ETs era mais simples e que não se deve interferir no planeta alheio.

Noa ri.

— Humanos são muito engraçados.

— Nah! Eu que sou. O restante é chato e cheio de problemas.

— *Você* é cheia de problemas. — Ele coloca a mão no meu ombro. — Mas ao menos posso prometer um pouco mais de liberdade para você.

— E como isso?

Ele ergue o aparelho do bipe insuportável para mim.

— Vou te explicar direitinho como fazer para disfarçar sua energia usando meu escâner, que eu chamo carinhosamente de apitador.

— Esse trem chato? — Pego o aparelho.

Ele se aproxima de mim, como se fosse contar um segredo.

— Tem como desligar o barulho, mas eu gosto dele porque irrita vocês.

***

Gal e Alice vão embora quando o dia amanhece. Noa fica com a gente, não porque tem milhares de coisas para me explicar, mas porque está encantado pelas janelas no espaço-tempo que existem na casa.

Acho que vou acabar indo embora antes dele.

Estou deitada na cama de Maycon, olhando para o teto. Ouço as conversas lá fora, mas o som de "California King Bed" é o que me faz levantar. De repente, não estou mais no quarto, mas em um fusca roxo metálico, andando a cinquenta quilômetros por hora numa estrada que não conheço.

Emma está encolhida no banco do passageiro ao meu lado. Não parece muito feliz.

Mas tenho algo pior com que me preocupar agora: eu não sei dirigir. Olho para o volante nas minhas mãos, meus pés congelam exatamente onde estão.

— Como para isso? Como para isso? — grito, desesperada. Emma dá um pulo na poltrona e me olha, confusa. Tiro as mãos do volante e o carro dança pela pista. — A gente vai morrer!!! — Meu desespero é maior que o do Sid, em *A Era do Gelo*.

— Paty, 'cê tá bem?

Pisco milhares de vezes antes de perceber que ainda estou na casa de Maycon. Meu amigo está parado na porta do quarto, com os olhos arregalados.

— Meu Deus, o que aconteceu? — Ele corre e se senta na cama, de frente para mim, e segura as minhas mãos.

— Eu não estava aqui.

— Quê?

Solto as mãos dele e me levanto. Na porta do quarto, dou de cara com Noa. Aponto o dedo indicador para o rosto dele.

— Você disse que eu estou "fora do tempo"...

— Sim, eu disse.

— Eu vi uma coisa. Na verdade, não, eu estive... — Estalo a língua, não sei como dizer isso sem parecer bobo. — Eu estive no futuro.

Sinto a mão de Maycon agarrar meu braço esquerdo.

— Foi alguma janela? — ele me pergunta.

— Não. *Eu estava lá.*

— Lá onde? — Rafael é o único que faz uma pergunta que preste.

— Num fusca roxo com a Emma.

— Não foi sonho? — Maycon solta uma risadinha.

— Não. — É Noa quem responde. Ele pega minha mão e me puxa para o terreiro. — Isso vai acontecer, apesar de não ser comum. Normalmente, você só passa a ter memórias de coisas que ainda não aconteceram...

— Memórias?

— É. — Noa para e me encara. O sol bate e ilumina o rosto dele, fazendo uma sombra abaixo de seu nariz. — O tempo para você funciona de uma forma diferente agora. Tudo acontece no passado, no presente e no futuro ao mesmo tempo. Só que seu cérebro tem limites e prefere ignorar essa chuva de informações, se atendo à linha do tempo natural.

— Isso quer dizer que...?

— Você vai se lembrar de coisas que ainda não aconteceram. E, talvez, sua consciência se teletransporte para seu eu de outros tempos, mas esses casos são mais raros.

— Tô bem tranquila agora! — digo, com ironia.

Então algo se aperta no meu estômago, tão forte que tenho que levar as mãos à barriga.

— O que foi?

— A Emma... Ela está tão triste... — Solto um suspiro longo e olho para Noa. — Ou vai ficar, né?

Noa coloca as mãos no meu ombro; acho que quer me acalmar, mas eu já estou calma.

— Não está.

Reviro os olhos. Não por ele ter lido minha mente, porque não estou nem aí, mas por saber que estou mentindo. Não estou calma, estou preocupada e com um pouquinho de raiva, porque agora me lembro do que aconteceu, o que foi que deixou (ou vai deixar) a Emma tão triste.

— O Cobra é muito burro! — Olho para Noa. Noa olha para mim. — Vou precisar da sua ajuda. — Pego o aparelho do bipe horrível das mãos dele. — Quero que me ensine tudo o que puder.

— Será um prazer. — O jeito como estica as costas, orgulhoso em me ajudar, me faz pensar no meu pai. Acho que sempre esperei que alguém me olhasse assim, com essa ternura e essa paciência.

— E a gente vai precisar de um... fusca. — Respiro fundo e olho para Mike, que está ouvindo a conversa da porta (que coisa feia). Ele dá um sorriso de pânico.

— Podemos arranjar isso. — Noa continua solícito, então, num impulso, eu o abraço, sentindo uma vontade terrível de chorar até passar mal. Eu não devia ter feito isso, mas agora já era.

Eu me controlo. Preciso focar.

Está na hora de consertar as merdas que aquele não binário ainda nem fez.

Capítulo 4

Emma

Não sei por que deixei o Cobra escolher a série de hoje. Sério!

Tanta coisa nova para ver e ele escolheu o quê? *Lost*!

Lost, cara!

Só pode ser um jogo comigo.

Tudo bem que estou gostando, mas não vou dar o braço a torcer assim. Da minha boca, o Cobra nunca vai ouvir que essa série de setecentos anos atrás é boa.

Ele dá uma risadinha e eu respiro fundo.

— Eu te odeio! — Jogo a almofada na cara dele. Minha vontade era pausar a série e mandar esse fofoqueiro ir embora.

— Odeia nada e não vai me mandar embora.

Já que o senhor fica ouvindo o que eu penso, não vou falar mais nada.

— Ah não, Emma. Assim não vale.

— Não vale por quê? Dá na mesma.

— É estranho. — Cobra cruza os braços. A jaqueta jeans que está vestindo parece ainda mais desconfortável. Seguro a vontade de pedir para que ele tire.

— É estranho você ficar ouvindo tudo o que eu penso também — digo, mais séria do que gostaria.

— Nossa, desculpa. — Ele se encolhe no canto do sofá e volta a prestar atenção na série. Sinto meu coração apertar, não queria que ele ficasse triste, então me aproximo e encosto a cabeça em seu braço.

Ficamos assim até o final do episódio. Às vezes, ele se mexe para coçar o ombro. Às vezes faz o contrário e coça o braço. Aquilo me dá um nervoso difícil de explicar.

Dou pause antes que um novo episódio comece.

— Por que você não tira isso? — Belisco a jaqueta.

Ele se afasta um pouco e fica me encarando. Me sinto boba por ter perguntado.

— Você não é boba, eu só tô pensando se... Bem, você não consegue imaginar por que sempre uso blusas de manga longa, ou jaquetas, ou moletons?

— Eu sei por que você usa, Cobra. O que quero dizer é que não precisa disso *aqui*.

Ele continua me encarando. Os olhos de cobra nunca me assustaram, então não sei que bobagem é essa de ficar escondendo a pele também. *E sim, penso isso para que você ouça.*

Vejo o peito dele subir e descer depressa. Ele está nervoso. Cobra tira a jaqueta devagar e desajeitadamente, e encara as roupas sem coragem de olhar para mim.

Um dos braços tem escamas descendo pelo ombro até o cotovelo. O outro tem duas áreas grandes com escamas, cobrindo uma área muito menor.

— Coça muito? — Ergo a mão, mas me controlo para não o tocar sem permissão.

— Pode encostar... se quiser.

Passo os dedos devagar, primeiro no ombro, e vou descendo pelo resto do braço. A pele está fina e gelada, mas a sensação sob meus dedos é boa. Olho para Cobra, que está com os olhos fechados. Coloco a outra mão no pescoço dele, onde a pele é mais quente. Eu poderia... me aproximar mais.

— Por favor — pede baixinho. Eu me aproximo.

O cheiro de gel de cabelo misturado com pipoca me faz fechar os olhos também. Não sei o que está acontecendo e não quero ficar pensando nisso. A mão dele na minha cintura, a respiração tão perto da minha.

De repente, Cobra me afasta e cobre os braços com a jaqueta.

Segundos depois, minha mãe entra na sala.

— Vocês querem mais pipoca?

Eu respondo que quero. Cobra diz que não.

— Vou trazer então. — E sai.

Aproveito a quebra de clima para me afastar dele e ir para a outra ponta do sofá. Dou eu mesma o play no novo episódio e me concentro com todas as forças para ignorar o que quase aconteceu. Depois, quando ele estiver longe dos meus pensamentos, eu processo isso.

Depois.

Capítulo 5

Cobra

Meu braço está cada vez mais verde.

Não dou dez dias para estar tudo fechado. Tá aí, eu poderia dizer que é uma tatuagem inusitada. Isso também ajudaria a explicar meu olho preto. Tem aquelas tatuagens no olho, né? Sempre gostei de bandas de rock antigas mesmo, talvez as pessoas até acreditem que sou um *punk bodybuilder*.

Respiro fundo e fecho os olhos por um instante, tentando lembrar como eu era antes, um ano atrás. O cabelo crespo na altura do pescoço, as camisas mais justas, os olhos do meu pai. Parece outra pessoa, em outra vida. E não tenho saudade.

Eu realmente escolheria as escamas se elas me fizessem livre.

Por mais que muitas vezes eu deseje, no fundo sei que não queria ser outra pessoa. Quero só ser eu mesmo, ainda que não saiba direito quem eu sou.

Abro os olhos de novo. Aqui estou eu, todo fora da norma. Penso se deveria falar algo sobre essa sensação

185

no grupo de não bináries emo do Discord. Mas tem tanto tempo que não apareço por lá que o povo deve estar pensando que eu morri. Aliás, meu celular anda abandonado, o pobre. Acho que vou baixar o TikTok de novo, porque não tenho nada para fazer nessas férias.

Eu queria mesmo era ver a Emma, especialmente depois do que quase aconteceu, mas não quero sair de roupa de frio nesse calor desgraçado. E não vou expor minhas escamas na rua de jeito nenhum.

Pego o celular e só tem aquelas notificações do Twitter: "essa pessoa que você não segue postou algo que não te interessa, talvez você devesse conferir, já que está aí sem ter o que fazer." Ignoro tudo, abro o WhatsApp e encontro várias mensagens nos grupos silenciados; parece que o Terceirão Pra Sempre estava animado hoje. Ignoro as 1789 mensagens e busco a conversa com Emma.

Ela estava online há dois minutos.

Começo a digitar uma mensagem milhares de vezes, mas nenhuma parece legal o bastante. Não quero mencionar esse rolê de poderes e pessoas de outras dimensões, porque a gente só fala disso. Mando só um "oi, como você tá?".

Ela responde só com um "bem :)" e eu sei que ela não está bem.

> **Quer vir aqui em casa ver um filme?**

> **Quero não, tô cansada.**
>
> **Quer vir aqui?**

Droga, eu não queria sair de casa!

> **Quero.**

> **Que horas?**

> **Pode ser de noite.**

> **Tá bom!**

Vejo se minha jaqueta mais legal está limpa, analiso por meia hora se devo passar perfume. Tenho medo de irritar as escamas. Concluo que não vou arriscar e só tomo um banho normal mesmo. Ainda bem porque banho quente faz minha pele coçar mais.

O ar está pesado e desconfortável quando saio do banheiro e entro no quarto, mas visto a jaqueta jeans mesmo assim. Minha mãe estranha quando me vê saindo todo empacotado, mas não comenta nada.

Na rua, uma brisa quase imperceptível me refresca um pouco. Mas, ainda assim, a jaqueta faz meus ombros coçarem. Trinco os dentes e seguro o impulso, porque sei que se começar a coçar não paro mais. Ando depressa, tentando me concentrar nos pensamentos das pessoas pelas quais passo na rua. Tem um moço pensando que alguém chamado Janaína o trocou pelo Vinícius. Será que é o Vini da tia Rita ou o Vinícius que mora perto do campo? Mas quem é Janaína, gente?

Viro em uma rua menos movimentada e os pensamentos ficam distantes. Alguém indignado com a novela das seis, alguém decidindo se conta para o Alessandro que ele é um péssimo cantor de chuveiro. Eu não contaria, sabe? Deixa o cara cantar do jeito dele. Ele não tá no *The Voice*.

Outro pensamento me atinge como um raio, como se direcionado a mim. É tão forte como um zumbido no ouvido, impossível de entender.

Um vento gelado bate no meu rosto, arrastando folhas secas pela rua. Ergo os olhos e lá está. A pessoa descendo a rua, logo à minha frente, com os braços meio abertos, as mãos para a frente, como se estivesse abrindo passagem para o vento. Como se fosse ela quem trouxesse o vento.

Atrás, noto outras duas pessoas, mas não consigo ver ninguém direito. A luz apagada de dois postes faz tudo ficar mais misterioso e estranho.

É só quando o grupo para a poucos metros de mim que percebo que são as três pessoas que encontrei meses atrás, mascaradas e ainda mais misteriosas. Sorrio para Urso.

— Eu disse que a gente ia voltar. — Ele inclina um pouco a cabeça. — Mas dessa vez temos menos tempo ainda, então presta atenção, tá bom?

Assinto, mas nem sei se eles conseguem me ver direito.

— A gente precisa de você. — É Gi quem diz.

— Você pensou na nossa proposta? — Urso intervém.

— Me desculpa, pessoal, mas esse rolê de equipe de superpoderosos não é pra mim. — Decido ser honesto. — Eu já tenho a Emma e, acreditem, nós dois tivemos problemas o suficiente para uma vida inteira. Só quero ficar aqui, na minha dimensão mesmo, vivendo minha vida normal.

— Ai, Cobra, acha mesmo que com essa pele verde que está desenvolvendo você vai ter uma vida normal? Meu amor, nem se sua pele não tivesse escamas. — O tom paternal faz meu sangue ferver. — Mas, se for te ajudar a aceitar nossa proposta, sabemos um jeito de reverter isso. — Gi se aproxima de mim a ponto de eu conseguir sentir seu hálito fresco no meu rosto. — Sei que você não quer se tornar só mais um personagem de aparência não humana, como todas as pessoas não binárias da ficção. — Elu leva a mão ao peito. — A gente pode te ajudar a não ser um estereótipo.

Dou um passo curto para trás, apavorado. Como esse povo me conhece tanto assim? Nunca falei sobre minhas inseguranças com ninguém. Nem com Emma.

Com um toque suave no braço, Urso afasta Gi de mim.

— Não é assim que a gente vai conseguir a atenção dele — repreende, tomando a frente. — Cobra, nossa dimensão está um caos. Tem milhares de pessoas morrendo todos os dias e a gente sabe um jeito de, pelo menos, diminuir isso. Não dá mais para esperar.

Cruzo os braços, ainda hesitante, mas ele tem a minha atenção, então continua:

— Imagina ter o poder de mudar as coisas, ver seu mundo em caos e não fazer nada... Sei que não tá nada fácil por aqui, mas você não faz ideia de como é lá de onde a gente vem. Sei que, talvez, nessa dimensão, você nunca precise se importar em usar seu poder com nada além de fuxicar o pensamento dos outros. Mas, pra nós, esse poder faria toda a diferença.

Meu peito aperta, o estômago afunda e me sinto terrivelmente culpado por ter um grande poder, mas nenhuma grande responsabilidade.

— Eu sei que você não conhece a gente, que está assustado. Quem não ficaria? Mas também sei quem é você, Cobra. — Ele segura meu braço direito, bem no lugar onde as escamas estão enormes e coçando. Meu corpo congela (não literalmente). — Sei que, no fundo, você *quer* mudar o mundo. — Urso ergue um dispositivo retangular que parece um pendrive pequeno, mas é todo transparente, com apenas um pontinho de luz verde na parte superior. — Então dá uma olhada no que tem aí e, se mudar de ideia, você vai saber como encontrar a gente. — E se afasta, deixando uma sensação estranha de vazio em mim.

Capítulo 6

Trix

Eu queria voltar para Emma e Cobra, mas simplesmente *não posso*.

Noa já está cansado de me ouvir reclamar.

— Você precisa ter paciência. Seus amigos não vão sair do lugar. A dimensão deles ainda está lá — ele repete, enquanto gira o volante devagar. E eu não absorvo. Nem o que diz, muito menos o que está tentando me ensinar a fazer.

— A dimensão pode não sumir, mas muitas coisas podem acontecer. — Meu estômago vive comprimido com essa angústia. Com essa memória de uma Emma que ainda nem existe. Eu quero poder evitar que ela fique tão triste. Quero poder evitar que Cobra faça alguma cagada, mas *o tempo* parece não querer.

É como se ele tivesse vontade própria, como se lutasse para consertar os buracos que a gente abre nele. Como se lutasse para acontecer.

Não sei explicar. É como se ele fosse meu amigo, como se quisesse me contar algo.

Eu só não consigo entender o que é.

— Presta atenção, Patrícia, senão você não vai aprender nunca.

— E você precisou aprender quando? — alfineto.

— Assim que cheguei. Dirigir é algo básico que eu precisava saber — responde, simplesmente. Eu o encaro, desconfiada. — O que foi? Pensou que eu tinha chegado aqui caindo do céu e sabendo tudo?

— Tudo não, né? Já que apareceu vestido de Papai Noel...

— Achei que assim eu conseguiria passar despercebido. E consegui. — Ele dá de ombros e volta a atenção para a rua.

— Há controvérsias... — Cruzo os braços e acho que Noa desiste de me ensinar a dirigir por hoje porque para o fusca, se vira no banco e me encara.

— Patrícia, se acha que o fato de já ter se visto dirigindo no futuro é o bastante para fazer esse futuro acontecer, você está enganada. Se você não aprender a dirigir esse fusca, você *nunca* vai dirigir esse fusca. Aquele futuro nunca vai existir.

— Mas...

— Mas nada! No tempo, para você, a única certeza que existe é a ação de agora. Ele é feito de vários agoras em momentos diferentes. Se você se vir ganhando na loteria no futuro, mas no agora decidir não jogar, esse futuro não vai existir. Você não tem a garantia de que suas escolhas vão sempre gerar um novo futuro. Lembre-se disso.

— Mas eu *sinto* o tempo querendo acontecer.

Ele não diz mais nada, só volta a ligar o carro e me passa a lição toda de novo. E quando eu finalmente presto atenção, sinto o nó no meu estômago diminuir.

O tempo *quer* acontecer. Ele quer que eu aprenda a dirigir essa porcaria de fusca.

E Noa tem razão: o tempo é agora. Eu não posso fazer nada amanhã porque estou presa aqui, nesse momento, nesse lugar. E é com isso que devo me preocupar.

Mas ouço Emma chorar na minha cabeça, em alto e bom som, e não consigo ignorar a vontade de estar em outro lugar.

Eu preciso saber o que vai acontecer.

Capítulo 7

Emma

O Cobra está muito estranho.

Não que ele não seja normalmente estranho, mas é que hoje está mais. Chegou calado, meio cabisbaixo, usando a jaqueta jeans de sempre — mesmo nesse calor —, se sentou no sofá da sala e está aqui parado olhando para o nada, porque o filme mesmo ele não está assistindo.

Encosto meu pé nele para ver se reage, mas nada.

Tagarelo sobre a cena que estamos vendo, e nada.

Digo que ele pode tirar a jaqueta se quiser, e nem recebo uma resposta.

Pauso o filme.

— Que foi? — Faço muita força para soar mais carinhosa do que rude. Acho que falho.

— Que foi o quê? — Cobra me encara, mas parece estar olhando através de mim, para a parede, para qualquer coisa, menos para mim.

— Por que você tá com essa cara de quem morreu e esqueceu de cair?

— Ah... — Ele olha para a televisão. — Só tô achando o filme chato.

— Você nem tá vendo o filme! — Eu me levanto do sofá, batendo o pé no chão e fazendo tudo tremer um pouco. Cobra se sobressalta.

— Calma aí, Emma! — Ele ergue as mãos na minha direção, como se quisesse me parar.

— Eu tô calma, você que tá me estressando...

— Se eu tô te estressando, como você tá calma?

Pego uma almofada em cima do sofá e jogo em Cobra com tanta força que ele bate a cabeça na parede.

— Ai, meu Deus. — Eu pulo no sofá, colocando a mão na parte de trás da cabeça dele, quase que por reflexo. — 'Cê tá bem?

— Tô — responde entre risos. Dou um tapa no braço dele. — Ai, para de me agredir!

— Não paro. — Sento com os braços cruzados. — Vai me contar o que tá acontecendo ou não?

Cobra encolhe e abraça as pernas no sofá, então me encara. Os olhos de cobra semicerrados analisam se ele pode ou não confiar em mim. Nem deveria estar analisando nada, sabe? Sinceramente, se esse não binário ainda duvida de mim depois de tudo o que aconteceu, o que eu posso fazer além de bater nele?

Mas não bato. Estou chateada.

— É só que... ando pensando muita coisa. — Ele desvia o olhar para a tela da TV.

Respiro fundo e pergunto com jeitinho:

— E o que seria "muita coisa"?

— Ah... — Ele hesita por um tempo, mexendo nos óculos que estão sobre o braço do sofá. — Tudo isso que tem acontecido com a gente, sabe? Duas garotas que vieram de outra dimensão, um Papai Noel aparecendo no seu quarto, uma associação do mal, um... — Ele para. Não falo nada porque quero que continue. — É só coisa demais. E, ao mesmo tempo, coisa de menos.

— Como assim "coisa de menos"? — Esse não binário perdeu o juízo?

— Emma... — Cobra se ajeita e me encara. Dessa vez, ele realmente olha *para mim*. Sinto meu estômago se contrair e minha respiração para por um instante. — Com grandes poderes vêm grandes responsabilidades.

— Quê?

— Você nunca viu Homem-Aranha? — Arregala os olhos.

— Não. — Faço pouco caso, desviando o olhar para o tapete da sala.

— Nossa... — Ele parece decepcionado e não gosto disso. — O que quero dizer é que temos esses poderes agora. Será que a gente não deveria fazer nada com eles?

— E a gente faria tipo o quê?

Volto a olhar para Cobra, em desafio. Por um momento, em um impulso rápido, o corpo dele se inclina para a frente, ficando mais perto, mais quente, mais... Eu me desespero um pouco, sentindo meus dedos formigarem e uma vontade de me aproximar, de... Sei lá o que acontece comigo quando Cobra fica assim tão próximo.

Eu me afasto, deslizando para a pontinha do sofá.

— Nem tem crime pra combater nesse lugar. Que ideia! — completo, com a voz um pouco abalada.

— A gente pode procurar outros como nós — sugere, de um jeito afetado.

— Já me basta a Vampira ter aparecido no freezer da minha mãe... Deus me livre! Imagina se quero virar os X-Men do interior de Minas Gerais...

— Ai, Emma, não tô dizendo pra gente formar uma equipe e sair pelo mundo fazendo coisas heroicas com roupas coladas. — Um pensamento voa pela minha mente, não sei direito se é meu ou se é do Cobra. Acho que é dele, porque eu não imaginaria a mim mesma usando um colã *desse tipo*. — Se bem que você ficaria incrível com...

Eu me estico inteira para dar um tapa no braço dele e não o deixo terminar.

— Olha, sinceramente, não sei o que você tá querendo dizer. Mas, Cobra, eu não pedi por esses poderes. Do nada, acordei um dia parecendo que estavam arranhando minhas pernas de dentro pra fora, arranhando e depois queimando. Sei lá. E, de repente, elas estavam mais fortes e mais leves ao mesmo tempo. Nem consigo lidar direito com o fato de que estou mudando o tempo todo, que estou descobrindo novas habilidades. Eu não queria esses poderes, mas já aceitei que isso aconteceu. Pronto. Mas não tenho vontade nenhuma de fazer nada com isso além de viver minha vida. Porque, assim, eu *nem sei* o que quero da vida.

— Eu sei, Emma, mas é que... — Cobra parece não saber o que dizer, não saber *como* dizer. Embora não precise. No fundo eu sei que a gente é diferente agora, que pode fazer alguma coisa pelas pessoas, que pode fazer alguma diferença, especialmente para gente como nós...

— Eu sei que você quer ser importante, descobrir a cura do câncer, virar presidente — digo, baixinho. — Mudar o mundo. Mas, Cobra, nós somos só adolescentes. Sério, não fica pensando nessas coisas. Nada disso parece ser temporário, então você ainda vai ter tempo de virar o hom... o não binário-aranha... ou cobra... com suas grandes responsabilidades. Não tem que ser agora, tem?

— E se aparecer outra garota no freezer da sua mãe?

— Eu só espero que ela não roube os meus poderes e me faça desmaiar.

— É o mínimo, né?

— Sim, o mínimo!

Capítulo 8

Cobra

Eu já vi os arquivos que Urso me entregou umas duzentas vezes. Sem exagero. Eles não precisavam ser tão... gráficos. Há vídeos, fotos, notícias de jornal. O mundo deles não está apenas caótico, está desesperador. Chorei todas as vezes.

O que acho mais impressionante é pensar em como as coisas podem chegar em um estado tão grave em tão pouco tempo. Um país em tragédia por causa da irresponsabilidade de *um* homem e seus seguidores. Hospitais sem oxigênio, duzentas mil pessoas mortas e ninguém parece fazer nada. Pelo contrário.

Sei lá, estou revoltado.

É claro que a Emma tem razão quando diz que somos só adolescentes. Mas a gente tem superpoderes, isso tem que significar alguma coisa.

Acho que eu deveria falar com ela de novo, contar dessa proposta. Não que eu vá aceitar nada, só... talvez ela queira vir comigo ouvir o que eles têm a dizer.

No fundo, talvez eu realmente esteja pensando em não ficar parado. Não decidi nenhuma faculdade, não faço ideia do que quero fazer da minha vida. Talvez esses poderes sejam mais do que habilidades, talvez sejam um caminho. Um propósito.

Penso em Trix e em como ela veio parar logo aqui, penso no vazio que ficou depois que ela foi embora. E Alice. E os Dissidentes.

E se nosso destino for salvar o mundo?

E se a gente puder fazer *alguma* coisa?

Reclamo tanto que me sinto diferente, mas... e se eu puder fazer algo para que outras pessoas como eu não se sintam tão deslocadas e desesperançosas?

Visto meu moletom preto de capuz, porque minha jaqueta está para lavar, e saio do quarto, dando de cara com a minha mãe no corredor.

— Ei. — Ela me segura pelo braço. — Onde o senhor pensa que está indo?

— Lá na Emma.

— E ia avisar quando?

— Desculpa, mãe. Eu esqueci.

— Hm... — Ela me solta e cruza os braços. — E essa blusa de frio aí? 'Cê tá morrendo? — Coloca a mão na minha testa para ver se estou com febre.

— Ah, mãe, a senhora sabe!

Ela respira fundo e me dá um beijinho na testa.

— Tá bom, mas me manda mensagem assim que chegar lá.

— Pode deixar. — Beijo o rosto dela e saio, um pouco mais leve, ainda que com muito calor. E com essa leveza eu subo a rua até chegar à porta da casa de Emma.

Minha mente está tão conectada com a dela que acontece sem querer.

Eu não queria ouvir o que está pensando, mas ouço. E acho que, pela primeira vez desde que descobri esse poder, eu o detestei com todas as minhas forças.

A mente de Emma está barulhenta como sempre, confusa. Mas as palavras que repete para si mesma são nítidas: *Acho que é isso, o Cobra não devia ter me beijado*.

Minha respiração agarra no pulmão. Algo invisível pressiona meu peito com força. Meu sangue gela.

Paro e me concentro, tentando não passar mal pela falta de ar. Quase posso ver a Emma deitada na cama, os fios do cabelo embolados. Ela está com calor. Eu não. Não mais. Tem uma mão gelada apertando meu coração e fazendo todo o resto do meu corpo funcionar mal. Não sei como vou voltar para casa com as pernas tremendo assim.

Começo a me virar para ficar o mais longe possível desses pensamentos. Quero sumir de novo. Mas paro, respiro e penso em todos aqueles clichês de histórias românticas em que uma pessoa ouve alguém dizer algo bem ruim sobre ela e sai correndo antes de ouvir o resto — geralmente quando há uma bela declaração de amor.

Não posso arriscar que a minha história com Emma seja atrapalhada por uma fofoca contada pela metade. Então me obrigo a ficar parado e a me concentrar ainda mais.

Para quê?

A gente tava tão bem antes e agora ele fica nessa palhaçada de querer me beijar, continua. *Eu era mais feliz quando a gente era só amigo e ele não fugia de mim. Mas ele tinha que estragar tudo.*

Ele tinha que estragar tudo, repito, ainda sem conseguir aceitar que isso está mesmo acontecendo. Parece um pesadelo.

Ainda fico por muito mais tempo ouvindo o que ela está pensando, só para garantir que não é um mal-entendido.

Não é.

Emma se sente confusa, mas realmente acha que estávamos bem melhor antes, quando nenhuma barreira havia sido ultrapassada, quando éramos só dois amigos que conversavam sobre tudo, quando nosso amor era simples e envolvia ranços em comum e reclamações sobre a escola e nossas famílias. Quando ela não sabia que eu era apaixonado por ela.

Quero correr até o quarto de Emma e pedir desculpas por tudo e por nada. Por todos os pensamentos que ouvi, por ter me apaixonado, por ser bobo, por existir. Mas meu estômago está revirando e meu peito está tão apertado que me congela de dentro para fora.

Quando dizem que isso de se apaixonar por amigo só serve para arruinar a amizade, eles estão certos. Eu nunca quis admitir isso. Para o meu azar, meu superpoder não é pegar de volta as palavras que falei. Elas vão ficar para sempre agarradas em Emma. Soltas no ar.

Que erro bobo!

Eu devia saber que algumas coisas simplesmente nasceram para morar só dentro da gente.

Meu celular vibra com uma mensagem da minha mãe.

Chegou na Emma?

Cheguei

Eu me odeio por mentir.

Guardo o celular no bolso e sinto o dispositivo que Urso me entregou na ponta dos dedos. Eu queria dizer que o acionei pelo gesto nobre de querer mudar o mundo, de querer ajudar as pessoas, mas seria mentira. Acionei porque estava me sentindo bobo, ridículo e inútil.

Eu estava com raiva.

E fico com mais raiva ainda depois de esperar por um tempão sentado na calçada e ninguém aparecer. Então vou para casa, chateado e com vontade de chorar.

Nem para salvar o mundo eu sirvo.

O plano é deitar na minha cama e não sair mais de lá até o fim do ano. Mas, quando viro a rua, no mesmo lugar onde os encontrei antes, lá estão eles. Gi fazendo uma folha voar com a mão, Cams sentada no banquinho de madeira que fica debaixo da janela de dona Martinha e Urso com os braços cruzados e um dos pés batucando o meio-fio.

Urso vem na minha direção assim que me vê.

— Me diz que você mudou de ideia! — Tem um charme no jeito como fala, um carisma. Ele me deixa nervoso. Mas um nervoso bom.

— Não sei — digo e, de canto de olho, vejo Gi revirar os olhos e deixar a folha cair. Quase peço desculpas por existir. Elu olha para mim e só agora reparo que as pontas de seu cabelo são verde-escuras.

— Vamos, Urso. Já perdemos tempo demais. — Gi se aproxima e segura o braço do colega, que nem se mexe.

— Quais são suas dúvidas, Cobra? — Urso ignora Gi e continua olhando para mim daquele jeito profundo. Parece que escaneia minha alma.

— Por que eu? — Cruzo os braços. — Certamente há muitas outras pessoas com superpoderes lá na sua dimensão.

— Nenhum leitor de mentes que a gente tenha encontrado. — Ele abre os braços. — E precisamos de um.

— Ah... — Olho para Cams, que continua calada. — E qual... — Hesito. — Qual a missão?

— Nós vamos sequestrar o presidente!

Capítulo 9

Trix

Já sou quase uma motorista de fusca profissional!

Noa vive dizendo pela casa que a missão dele está cumprida, mas nós dois sabemos que esse é só o começo.

Encontramos uma janela razoavelmente boa daqui a alguns dias. Mas ela se abre na dimensão de Emma e Cobra em *maio de 2021*. Acho que vai ser tarde demais. E fico repetindo isso todos os dias na cabeça de Noa, mas ele me ignora. Não há o que fazer. Demorei muito tempo para entender que o tempo passa de um jeito diferente, que uma janela aberta aqui pode me mostrar qualquer lugar no espaço-tempo e que um portal pode levar para o passado ou para o futuro.

Ai, quem eu quero enganar? Não entendi isso até hoje. Só estou repetindo as palavras que Noa me disse. Eu normalmente não entendo nada do que ele fala.

Então acontece de novo.

Estou no meio da sala dos meninos e de repente não estou mais. Me vejo sozinha no corredor de uma espécie de hospital abandonado, ouvindo barulhos estranhos ao longe, atrás de mim. À minha frente, tem uma porta enorme, que atravesso devagar. Chego a um cômodo velho e mal-iluminado. Não parece tão abandonado quanto o corredor, pois está limpo e tem até um cheiro bom de desinfetante. Há camas vazias por todo o quarto e conto sete delas. Só a mais distante, no fim do quarto, está ocupada. Tem alguém deitado com tubos e fios ligados por todo o corpo. Parece uma cena de filme de terror. Eu me arrepio inteira. Ainda assim, sigo em frente, devagar. Só paro porque ouço a voz de Emma gritar bem ao longe: *Abre um portal agora, Trix. AGORA.*

Quando uma rajada de vento passa do meu lado direito, volto para o meu tempo.

Estou na sala dos meninos outra vez, imóvel e assustada. A travessa de vidro com o salpicão está tremendo nas minhas mãos e Mike segura meus braços, evitando que eu derrube tudo no chão.

— O que você viu? — dispara.

— O futuro — respondo com a boca seca.

Só quando me sento no sofá e me acalmo é que explico em detalhes o que vi. Noa me pede para repetir zilhões de vezes.

— Você tem certeza de que ela disse "abre um portal"? — questiona pela vigésima vez.

— Absoluta. — Minha voz ainda está fraca. Noa coloca as mãos no queixo, nervoso. — São eles, né? A Associação? — Estou mais assustada do que pensei que ficaria.

— Não sei... — E ele está mais preocupado do que imaginei que estaria. — Ela disse pra *você* abrir o portal.

— Sim! — Sinto que minhas mãos começam a formigar e minha respiração parece não ser o suficiente para me manter alerta. Não posso ter uma crise de ansiedade agora.

— Portais não se abrem do nada. É preciso uma janela aberta que dê para o lugar certo. Ou, é preciso forçar a abertura. Mas eu só consegui abrir o portal usando meu apitador porque essa casa está cheia de energia espaço-temporal e nós fomos puxados pela âncora do Gal.

— O quê? — De todas as coisas que Noa tentou me ensinar, não me lembro de tê-lo ouvido falar daquele conceito.

Ele se senta no chão, perto dos meus pés. Os olhos castanho-escuros brilham do jeito familiar ao qual estou começando a me apegar. Como se ele amasse ensinar essas coisas. Como se essa missão aqui na Terra trouxesse sentido para sua vida.

— Existem três formas razoavelmente seguras de viajar entre dimensões. Você pode se teletransportar. — Aponta para mim. — Aproveitar uma janela ou abrir um portal usando uma âncora.

— Âncora?

— A âncora é aquilo que liga você a si mesmo. Pode ser uma pessoa, um lugar, um objeto... Normalmente é alguém que você ama muito. A função da âncora é te manter firme no lugar ao qual você pertence. São as suas raízes.

— Algo pelo qual voltar.

— Isso.

Ok, alguma coisa eu entendi.

— Quando alguém se perde, como a Alice, a melhor maneira de encontrá-la é usando a âncora dela.

— No caso o Gal. — Estou acompanhando.

— Ele mesmo. Essa força que une os dois atravessa o tempo e o espaço. É uma força natural.

— Então quando vocês foram buscar a Alice, você abriu um portal usando a âncora dela?

— A âncora nos fez ir para o lugar e para o tempo certos, como se nos puxasse para lá.

— Que loucura! — Sorrio, sentindo um quentinho no coração ao me lembrar de Alice e Gal abraçados aqui na sala. Parece ter sido há uma vida.

— Mas não é sempre que funciona. A âncora da Alice era forte. Muitas não são.

— E então tem os outros portais, né? — Quero mostrar que fui uma boa aluna, embora Noa saiba que não fui.

— Exatamente. Há dois tipos de portais: os naturais e os forçados. Os naturais são basicamente fendas que oscilam a ponto de ficarem grandes o bastante para que algo as atravesse. — É, agora ele me pegou. — Hoje, aqui na Terra, não há fendas naturalmente grandes e fortes o bastante para isso. O máximo que acontece é uma fenda se transformar em janela. Ou seja, conseguimos ver do outro lado, mas não atravessar, como acontece aqui nessa casa. Então a gente usa o escâner para alargar a fenda por um segundo e passar por ela.

Acho que ele vê minha expressão confusa, então explica melhor:

— Imagina uma parede totalmente lisa, esse é o tecido que separa as dimensões. Ou seja, cada coisa fica de um lado da parede e você não consegue atravessar.

— Tá. — Estou acompanhando.

— Agora, imagina que tem uma rachadura bem fininha nessa parede. Essa é uma fenda. Você ainda não consegue atravessar, não consegue sequer ver do outro lado. Mas se essa rachadura ficar maior a ponto de virar um buraco na parede...

— Daí você consegue ver do outro lado — completo. — Ou seja, aqui na casa do Mike tem vários buraquinhos na parede.

— Isso!

Eu sou uma boa aluna, viu?

— Mas mesmo com um buraquinho na parede, você não consegue atravessar para o outro lado — Noa continua. — Você precisa de um buracão, precisa de uma *porta*.

— Esses seriam os portais — concluo.

— Aqui na Terra, o máximo que existem são buraquinhos na parede entre dimensões. O que dá para fazer é quebrar a parede em um lugar onde ela já está fraca, e esperar que ela se conserte sozinha depois...

— Mas não é perigoso?

— É. Embora o tempo seja um bom pedreiro, isso não é o ideal, pois pode causar uma abertura maior e um desastre no futuro. Mas é a opção que temos em caso de necessidade.

— E os portais forçados?

— São o desastre já anunciado. — Ele solta uma risada sem humor. — Quando você só alarga uma fenda, não tem como escolher para onde ou para quando o portal vai te levar. Mas quando você força a criação de um portal para o lugar que deseja ir, você causa um novo rasgo no tecido do espaço-tempo, um que nem existia antes. Quando fomos resgatar a Alice, nós compensamos isso usando você como portal, em vez de abrir um buracão na parede, e isso poderia ter... sido péssimo.

Penso na visão que tive de mim mesma presa naquela sala cheia de espelhos e minha pele fica arrepiada. Não quero voltar para lá.

— É por isso que eu não posso simplesmente abrir um portal e voltar para a Emma e o Cobra na hora que eu quiser, né?

— Sim. E você não precisa criar portais, pode se teletransportar sem eles, sem âncora e sem fenda. Você atravessa as paredes, Patrícia. O problema é que você não tem controle total sobre isso, e não dá para saber as consequências reais das suas viagens entre dimensões.

— Ah... — respondo desanimada.

— Você é mais forte do que imagina. Escapou sozinha da Associação, certamente de um lugar bastante protegido da energia espaço-temporal. Acho que você poderia, sim, abrir portais com tranquilidade e sem a ajuda de nenhum tipo de manipulador como este. — Ergue o escâner.

— Então por que me deu seu apitador?

— Porque até você aprender a dominar o seu poder, é melhor que não o use. — Ele me olha profundamente. — Pode ser muito perigoso.

Uma pergunta ainda não quer calar dentro de mim:

— Quando a Associação me tirou das outras dimensões, eles destruíram minha âncora?

— Não. Veja bem, são duas coisas diferentes. Sua âncora te liga à sua dimensão, é o que te faria voltar para casa se você se perdesse. O que a Associação tirou de você foram as suas possibilidades. Agora tudo o que você faz é único.

Eu não voltei para casa quando me perdi. Pelo contrário, fiquei presa num lugar totalmente vazio. Será que eu já havia perdido minha âncora na ocasião?

Nossa, pensar nisso me deixa triste.

Olho para Maycon. Gostar dele não deveria ter sido o suficiente para me fazer voltar? Ou nossa amizade de anos? Por que não voltei? Por que, quando voltei, fui parar no prédio onde mora a Emma desta dimensão? Por que só saí do Vazio quando ouvi a voz do Cobra?

— Eu posso ter uma âncora que seja de outra dimensão?

Noa me encara por um tempo, pensativo.

— Não sei, seria uma bagunça. Mas você é uma exceção, né? Então tudo é possível.

— Até não ter âncora nenhuma? — É a pergunta que me assusta.

— Mas você tem, não tem? — Ele sorri de um jeito terno, quase paternal, e tudo dentro de mim revira. *Eu tenho, não tenho?* — Bom... — Ele dá dois tapinhas nas pernas e se levanta. — A gente precisa descobrir o que a Associação está aprontando.

— Não parece o lugar onde me prenderam.

— O que não quer dizer que não seja deles. — Ele ajeita a camisa azul com uma estampa branca da T.A.R.D.I.S. e se apruma, respirando fundo. — Acho que já passou da hora de eu investigar mais de perto.

— Mas você me disse que ficaria aqui para me ajudar a dirigir e me ensinar como usar o apitador. — É, eu não quero mesmo que ele vá embora, ainda que tenha uma promessa implícita de que vai voltar. Meu pai também prometeu que voltaria e está lá nos Estados Unidos até hoje.

— Você já sabe tudo o que precisa saber.

— Não sei. — Bato o pé e me levanto, parando bem na frente dele.

— Patrícia...

— Ai, tá bom! — Desisto.

— De um jeito ou de outro — ele coloca as duas mãos nos meus ombros —, você vai dar um jeito de acabar no fusca roxo com sua amiga Emma. Eu te conheço! E eu não estou lá, estou?

— Não...

— Você consegue fazer isso, sei que consegue.

É estranho ter alguém confiando em mim assim. Mais do que eu.

É estranho ter *alguém*.

— Só não se coloque em riscos evitáveis, por favor. — Ele pisca para mim. Não sei o que quer dizer com isso, mas talvez a Trix do futuro precise desse conselho.

— Tudo bem, eu acho.

Olho para Mike, que continua congelado no sofá, sem reação alguma. Sem entender quase nada.

Sei que vou precisar de ajuda, mas não a dele. Não a do Noa.

Sei para onde devo ir.

Sei o que tenho que fazer.

Só espero que não seja tarde demais.

Parte 4

Emma, Trix e o resgate do
não binário fofoqueiro

Parte 4

Lendas, Ritos e resgate da
não brancura ortulgena

Capítulo 1

Emma

Acho que nunca chorei tanto em toda a minha vida.

E, ao mesmo tempo, estou tão brava que eu poderia esmagar aquele não binário sem fazer nenhum esforço. Por que ele não disse nada? Por que simplesmente partiu para outra dimensão com três desconhecidos e deixou só um aviso?

A tia Andreia está igual a Joyce de *Stranger Things* procurando pelo filho perdido. A grande diferença é que o Will foi parar em outra dimensão sem querer. Já o Cobra foi andando com as próprias pernas e ainda deixou um bilhete.

A porcaria de um bilhete.

É sério, não dá para não ficar com raiva.

Por que ele fez isso? Não faz sentido!

Por que não disse nada?

Aperto o travesseiro com força no rosto. Mas não faz tanta diferença assim. Meu peito já está tão pesado que não consigo respirar direito com ou sem obstrução. Eu odeio tanto o Cobra que acho que vou me arrebentar.

Por que ele não volta logo?

Eu deveria ir para a casa da árvore chutar tudo até não sobrar nada de pé. E depois me deitar sobre os escombros e a poeira, para me sentir menos destruída. Mas só consigo ficar na cama, ignorando todas as mensagens, menos as da tia Andreia. Eu jamais sumiria nem por dois minutos diante dessa situação. Ela não merece.

Sei que eu não deveria sentir isso — o que o Cobra fez não é minha responsabilidade —, mas sinto. Sinto que preciso compensar a falta dele de alguma maneira.

No dia do aniversário dele, dois meses atrás, fiquei o dia inteiro fazendo companhia para a Tia Andreia, para que ela não se sentisse tão sozinha. E ela já prometeu que vai passar o meu aniversário (que é em dois dias) comigo. Esse vai ser o segundo ano seguido em que eu e Cobra passamos nossos aniversários separados, porque aquele não binário burro só sabe fugir.

Meu estômago ronca alto. Queria muito ter forças para me levantar e ir procurar algo para comer. Mas acho que vou ficar por aqui mesmo, esperando minha mãe e a Liliane voltarem da rua.

Depois que o Cobra sumiu, minha irmã largou tudo para ficar com a gente por um tempo. E talvez seja isso o que esteja me mantendo inteira. Também pode ser a gravidade mantendo todos os meus caquinhos por perto.

Não consigo parar de pensar que Cobra também se cansou de mim e fugiu para outra dimensão, como todos fazem. Eventualmente todo mundo que gosto vai embora. Meu amigo era uma certeza que eu tinha de que alguém ficaria. Eu sabia que ele sempre voltaria para mim. Mas não voltou.

Colamos cartazes por toda a cidade, falamos com a polícia, fizemos campanha na internet. Tudo isso porque a tia Andreia não consegue aceitar essa história de outra dimensão. Fui na onda para que ela se sentisse menos pior já que se sentir *melhor* é impossível.

— Emma? — Lili chama baixinho. Ela está me encarando de uma fresta na porta. Se bateu ou me chamou antes, não ouvi.

— Oi? — Minha boca está tão seca que tenho dificuldade em falar, então só me aprumo, apoiando as costas na cabeceira.

— A mãe mandou perguntar se você quer sorvete. — Ela entra no quarto e vem se sentar perto de mim.

Nós duas somos tão diferentes. Minha irmã é muito mais parecida com o meu pai, enquanto eu sou a cara da minha mãe. Além disso, ela é magra também, o que sempre foi uma diferença gritante entre a gente. Ah, e é legal e talentosa.

Eu sou só eu.

— Vou querer mais tarde.

— Emma. — Ela coloca a mão no meu joelho. — Você precisa se levantar um pouquinho.

— Eu vou… mais tarde lá na casa da árvore.

— Quer companhia?

— Quero não.

— Tudo bem. — Lili estica as costas antes de se levantar. — Se você quiser companhia, me fala.

Respondo só com um sorriso discreto.

***

Duas horas depois, estou correndo para longe de tudo isso.

Acho que nunca corri tão rápido. Nunca pensei tão rápido. Ok que minha mente sempre foi veloz e confusa, mas agora tudo está em uma escala absurda. Quando corro, meus reflexos respondem na mesma velocidade.

Pelo visto, no fim das contas, não tenho só superpernas. Meu cérebro, olhos, pele... Tudo parece ter adquirido superpoderes.

Quando percebo que estou longe e que meus tênis já foram com Deus, paro. Estou no meio do nada. Ao meu redor só tem mato, alguns morrinhos baixos e mais mato. Sei que estou longe porque não vejo as pedras e está tudo mais plano. Puxo o celular do bolso de trás da calça para conferir. Se eu tivesse continuado, daqui a pouco estaria afundando os pés nas praias de Guriri.

A que ponto cheguei? Longe, mas nem tanto.

Resolvo voltar para a casa da árvore antes que escureça. Quando paro na porta, não há mais tênis e meus pés estão começando a criar bolhas. Estou cansada o bastante para desistir daquela ideia de destruir tudo. Então noto que há um fusca roxo parado na estrada. Tento olhar de longe para ver se tem alguém dentro, mas não consigo.

Sinto o encostar de mãos no meu ombro e isso me faz dar um pulo de dois metros.

Olho para trás assim que pouso no chão.

— Oi, Emma. — O olhar dela brilha tanto que me sinto em casa. Sei que está sorrindo por trás da máscara. Meu coração, antes comprimido como se estivesse preso numa caixa apertada, se expande além de todos os limites do meu corpo.

— Você... voltou? — Minha voz quase não sai. Devo estar sonhando. Não é possível.

— Voltei.

Os olhos dela se estreitam. Acho que abriu mais o sorriso. Senhor, eu vou morrer bem aqui! Meus pés doem quando tento andar em sua direção para ver se ela é mesmo real.

— 'Cê tá bem? — Trix segura meu braço e me ajuda a entrar na casa da árvore.

Meu Deus, é ela mesmo!

— Eu tava correndo. — Ainda não consigo acreditar que Trix está aqui.

— E o Cobra?

Demoro um pouco para me sentar e respirar fundo antes de responder.

— Sumiu — digo com muita dificuldade. Ela bufa, mas não parece surpresa. — Você já sabia?

Trix se senta ao meu lado, escorando as costas na árvore como Cobra costumava fazer. Meu estômago dói de novo, embora ache que ele nunca parou de doer desde que eu soube que meu amigo tinha desaparecido.

— Eu meio que sabia que ele ia fazer alguma merda. Mas sumiu como?

— É isso que eu queria descobrir. Mas o Cobra nunca me disse nada, só deixou um bilhete para a mãe dele dizendo que ia para outra dimensão com um grupo de amigos superpoderosos. Ele nunca nem me falou desses amigos, Trix. Aliás, duvido muito que sejam amigos mesmo. Aposto que eram só pessoas que ele conheceu e achou uma boa ideia seguir. Porque é *óbvio* que é uma ótima ideia ir para outra dimensão com *completos desconhecidos*. — Sim, talvez eu esteja brigando com ela também.

Por que as pessoas fazem isso, cara?

Por que elas somem assim?

Volto a chorar, de tristeza, de raiva, de... nem sei mais.

Trix me puxa para um abraço que só aceito porque, bem... porque é melhor chorar abraçada com alguém do que sozinha. E eu sempre choro sozinha.

Sempre.

E estou tão cansada disso!

Cadê o Cobra?

Por que ele não volta logo?

— A gente vai achar ele, Emma — promete, baixinho, apoiando o queixo na minha cabeça. — A gente vai, tá?

Quero muito acreditar nela. Muito mesmo. Então me apego a essa promessa, que sei que Trix não pode cumprir, só para ter algo em que me segurar.

Ela voltou, né? Talvez ele volte também.

Capítulo 2

Cobra

Atravessar um portal é muito estranho. Parece que você está sendo cortado ao meio. Meu estômago repuxa e algo azedo sobe pela minha garganta, acho que é arrependimento. Eu não deveria ter vindo para cá. Caramba, o que foi que eu fiz?

— Tá tudo bem, Cobra? — Urso coloca a mão no meu ombro e aperta de leve.

Não, não está tudo bem. A minha mãe vai me matar!

A Emma... Nossa! Ela *vai* me matar. Mesmo. É o fim deste não binário!

— É sempre horrível, mas a primeira vez é a pior. — Gi passa por mim.

Elu está tentando me tranquilizar ou me aterrorizar?

Tento puxar o ar para os pulmões bem devagar, não posso desistir agora. Tomei a decisão de ajudar os Dissidentes, então vou ajudar.

Observo o lugar onde estamos. Eu esperava que eles tivessem alguma base, tipo a casa do professor Xavier em uma versão mais modesta. Que nada! É uma quitinete superapertada, com três cômodos: uma sala pequena, uma cozinha e uma suítezinha com banheiro...

— Essa é a minha casa, e onde a gente se concentra. — Urso abre os braços, orgulhoso, mostrando a sala onde mal cabemos nós quatro.

— Elus não moram aqui? — Aponto para Cams e Gi, que estão se sentando no sofá de três lugares que ocupa boa parte do cômodo.

— A Cams mora com os pais, e Gi com a Donna, uma drag queen que fazia shows antes da pandemia. — Urso se aproxima para cochichar. — Agora elus estão tendo que se virar para pagar as contas. Tá todo mundo assim.

Eu me sinto um pouco mal por ter julgado e, principalmente, por ter esperado uma mansão cheia de jovens com superpoderes. Eles mesmos avisaram que não eram um X-Men.

— Bom, vamos explicar o plano passo a passo para o Cobra — Gi sugere, apontando para Urso.

Ainda estou enjoado, mas respiro fundo e foco em Urso, que escora na parede que divide a sala da cozinha e começa a falar.

— O plano é bem simples, na verdade. — Ele levanta o aparelhinho que usou para abrir o portal que nos trouxe até aqui. — Você entende como funciona essa coisa de viajar entre dimensões?

— Não.

— Em resumo, com isso daqui eu posso abrir um portal para a dimensão que eu quiser, e para o tempo que eu quiser. É óbvio que tem limitações de segurança, mas esses são detalhes que não vêm ao caso. O importante é que estamos no passado, há mais ou menos um mês da eleição de 2018, e hoje o principal candidato à presidência vai sofrer um atentado e sobreviver. E isso vai garantir a eleição dele.

— Não foi assim na minha dimensão...

— Talvez por isso as pessoas não sejam tão fanáticas por ele como são aqui. — Cams cospe as palavras, como se detestasse cada letra. — Muita gente acredita que ele é o próprio Messias, então tá tudo bem se morrer milhares de pessoas por causa de uma doença que já tem vacina.

— Isso é horrível. — Não sei nem como reagir.

— É por isso que precisamos tirar ele de lá antes de tudo isso acontecer. — Urso continua sua explicação: — O plano é sequestrá-lo *antes* do atentado e a Cams vai substituí-lo. Ela é metamorfa. — Essa parte acho que ele nem precisava explicar, mas tudo bem. — O que a gente quer é que ela faça várias merdas no lugar dele, até chegar ao ponto de ele ser obrigado a desistir da eleição.

Cams dá uma risadinha.

— E para que vocês precisam de mim? — pergunto.

—A Cams pode se transformar nele fisicamente, mas não consegue saber das coisas que ele sabe... Então precisamos de você para copiar a mente dele.

— Mas eu não sei fazer isso. — Arregalo os olhos. Será que vim aqui para nada?

— Nós temos um... equipamento — Urso diz olhando para Gi, que abaixa a cabeça sutilmente, desviando o olhar. — Tipo o cérebro do Professor Xavier. — Ele abre um sorrisinho para mim, acho que sabe que vou conhecer a referência. — Com ele, nós conseguimos expandir seu poder, é por isso que a gente precisava especificamente de você.

— Entendi — digo, inseguro. — A gente vai testar esse trem, né?

— Óbvio — responde com uma risadinha. — Mas, antes, vamos descansar, porque atravessar portais é muito desgastante.

***

O cheiro de alho refogado faz meu estômago roncar. Não consigo descansar. Fico parado olhando para o teto por um tempão. Minha mente está a mil, pensando na confusão em que fui me meter.

— No que você tá pensando? — pergunta Urso de repente, e vejo que está parado, encurvado e olhando para cima, para o mesmo ponto que eu.

— Ah... — Ajeito o corpo, me sentando na cama, e olho para ele. — Eu só tô um pouco sem ter o que fazer.

— Então você vai ficar feliz em saber que o almoço está quase pronto. — Urso dá um tapinha na minha cabeça antes de voltar para a cozinha.

Eu me levanto e vou atrás dele. Observo que a sala está vazia.

— Cadê Gi e Cams?

— Saíram para comprar algumas coisas que vamos precisar. — Ele mexe um pouco a panela antes de olhar para mim. — Você quer repassar o plano mais tarde?

O jeito como fala parece que "repassar o plano" significa outra coisa. Ou é a minha cabeça querendo ver sinais de interesse onde não tem, como fez com a Emma? De qualquer forma, eu *repassaria o plano* tranquilamente com Urso...

— Pode ser. — Evito dar um sorriso bobo.

O celular dele toca.

— Você pode mexer aqui a panela pra mim? — pede, já me entregando a colher. Faço o que diz, sem me esforçar para não ouvir a conversa. — Tá bom, mãe. Mando, sim. Não, a senhora não precisa ficar preocupada, vai ficar tudo bem. — Ele demora um pouco até voltar a falar comigo. — Acho que já pode desligar o fogo. — A voz está fraca.

Apago o fogo e fico olhando para ele por um tempo.

— Tá tudo bem?

Urso chuta o ar de leve.

— Meu irmão tá doente nessa época... — A maneira como fala me dá a impressão de que, bem, as coisas vão piorar.

— Sinto muito. — Me aproximo para colocar a mão em seu ombro, mas Urso me puxa para um abraço demorado. O cheiro dele me faz ter uma estranha sensação de casa. Quase choro de preocupação com minha mãe e de pensar em como ela está.

Dois trans chorando abraçados na cozinha. Achei poético.

Depois de um tempo, ele se afasta.

Almoçamos às duas da tarde, sentados no sofá, falando sobre um monte de coisinha boba. Mas continuo sem saber aquelas coisas básicas que a gente descobre no Twitter de alguém: banda preferida, cor que mais gosta, signo, número de tatuagens, se prefere gato ou cachorro, se beija pessoas não binárias...

Em algum momento da conversa, quando estou terminando de lavar os pratos, Urso para de secar a louça e me encara.

— O que foi? — pergunto.

— Você é mais legal do que imaginei — confessa, olhando para os próprios pés. — Eu... — Mas não completa.

— Pode dizer. — Quase ameaço dizendo que posso ouvir a mente dele se eu quiser. Mas estou me esforçando para não fazer isso. Acho que ouvir aquilo que a Emma pensou me deixou ressabiado.

— Não, é bobagem! Eu só... — Não sei por que está mentindo para mim já que consigo saber o que ele está pensando. Sei que não é bobagem, mas não sei o que o está angustiando. — Vai ser uma missão difícil.

— Vai ser um *crime*, né? — Pego um copo na pia e começo a ensaboar.

— Desculpa por termos te metido nessa. — Ele coloca a mão no meu braço, e eu fico nervoso.

— Eu quis vir.

— Não, sério. — Urso me aperta um pouco, me fazendo olhar para ele. — Desculpa.

Franzo o cenho. Queria saber por que tanta seriedade de repente. Sinto meu cérebro coçar de vontade de ouvir o que ele está pensando. Basta só um pouquinho de concentração e...

— Vamos repassar a missão? — sugere.

— Uhum. — Deixo o copo no escorredor.

— Você tem alguma dúvida?

— Sim. — Fecho a torneira e me viro, de modo a ficar de frente para ele. — Como você me conhecia?

— Eu... *sei* coisas, Cobra. — É tudo o que diz antes de ir para a sala.

Fico parado, processando a informação. Será que esse é o poder dele? Sei que Urso é o responsável por nos transportar, mas ele usa o aparelhinho que ele chama de chave.

Aliás, outra coisa para a lista de coisas que não sei sobre Urso: que poder ele tem?

Estou me saindo um péssimo fofoqueiro nessa dimensão.

Um fofoqueiro irresponsável que confiou em pessoas que não conhece.

Quando o sigo até a sala, Urso já está começando a repassar o plano — infelizmente é só falar mais uma vez o que vamos fazer.

Quando Cams e Gi chegam segurando várias sacolas plásticas de supermercado, Urso apoia a mão no meu ombro e diz, com um sorrisinho discreto:

— Bora testar o cérebro?

Apenas assinto com a cabeça e observo Urso ir até o quarto.

Cams está vestida com uma calça jeans e uma blusa florida, e me pergunto se ela consegue se transformar completamente, incluindo partes que não são do corpo dela.

Abro e fecho a boca quinhentas vezes antes de perguntar.

— Eu crio ilusões. — É tudo o que ela responde, antes de virar as costas e ajudar Gi a guardar as compras na cozinha.

— Acho que ela não gosta de mim — comento quando Urso volta, ele está segurando uma caixa grande nas mãos.

— A Cams é assim mesmo.

— Mas o que ela quis dizer com criar ilusões? — Eu me levanto do sofá e começo a andar pela sala.

— Só tá tirando com a sua cara. O poder da Cams é ser uma Camaleoa e ela consegue manipular e transformar qualquer coisa que esteja em contato com o corpo dela. E eu já a vi tentar mudar coisas ao redor também, mas não deu muito certo.

Chego perto do Urso e falo baixinho:

— Eles não gostam de mim, gostam?

Ele se afasta e olha para tudo, menos para mim.

— É uma missão perigosa. Tudo pode dar errado. Só estamos nervosos.

Mentira. Sei disso sem ler os pensamentos de ninguém.

Volto a me sentar no sofá, questionando mais uma vez por que diabos topei fazer parte disso tudo. Fecho os olhos e tento ouvir os pensamentos dos dois lá na cozinha.

Nada.

Gi está cantando alguma música na cabeça e Cams está pensando em absolutamente nada. Eu não sabia que isso era realmente possível. Talvez ela não esteja mentindo quando diz que cria ilusões. Talvez esteja protegendo os pensamentos de mim.

Mas por quê?

— Tá na hora! — Urso bate as mãos na caixa, antes de abri-la e revelar um capacete preto cheio de conexões prateadas e fios aparentes. — Talvez doa um pouquinho...

Então um apito infernal me perturba.

— Mas que merda? — Urso coloca o capacete debaixo do braço e tira a chave. O aparelhinho está piscando uma luz vermelha e fazendo um barulho horroroso. — Cams, Gi — grita. — Tem algo errado, a gente precisa executar a missão agora.

Os dois vêm correndo, os olhos arregalados. Gi tapa os ouvidos com as mãos.

— O que aconteceu?

— Um erro de cálculo — Urso explica. — Estamos perdendo o timing ideal.

— Nossa, desliga essa merda! — Gi dá um grito, nervose.

Urso mexe no aparelhinho. Quando o som cessa, sinto que alguém soltou minha cabeça depois de apertá-la com muita força.

— É agora ou nunca. — Ele estica a mão com a chave, olha cada um de nós com atenção e estou tão nervoso que sinto que meu corpo vai parar de funcionar a qualquer momento.

— A gente vai conseguir.

O aparelho não emite nenhum barulho — graças a Deus —, mas uma luz intensa irradia do meio dele e se espalha de um jeito retangular, como se estivesse fazendo um rasgo no ar. Respiro fundo antes de dar um passo à frente, morrendo de medo de dar tudo errado.

O portal se abre no centro de um quarto de hotel bem luxuoso, e antes que eu consiga processar onde estou, dou de cara com um homem saindo do banheiro usando apenas uma toalha verde e amarela em volta da cintura.

Tudo acontece tão rápido.

Gi imobiliza o — infelizmente futuro — presidente usando o ar ao redor dele, e acredito que, de alguma forma, também usa o ar para impedir que ele grite. É incrível...

— Chega perto dele, Cobra! — Urso grita para mim, me pegando de surpresa. — Se transforma agora. — Urso fala para Cams, que, a contragosto, começa a se distorcer. É estranho e me lembra um pouco a Trix, meio fora da realidade, como se estivesse se multiplicando e se desfazendo até virar outra pessoa.

A figura do homem se encaixa perfeitamente no quarto com paredes que imitam madeira. Combina com o quadro pendurado, com a mesa e o aparador de aspecto antigo. Combina com o cheiro de coisa velha e ultrapassada.

Meu estômago embrulha. Eu não queria estar aqui.

Todo o meu corpo grita que eu não *deveria* estar aqui.

O sujeito — que é Cams — faz uma cara de nojo.

— Odeio quando tenho que ser homem. Ah! — grita. — Vou passar mal, Urso.

— A gente sabia que ia ser foda. — Urso olha de Cams para Gi, depois para mim, e tem algo na expressão dele que me deixa intrigado.

— Temos que ir depressa — Gi diz entredentes.

Ouço pensamentos misturados do lado de fora.

— Tem alguém chegando — aviso, me aproximando de Gi, que está com uma mão erguida. Com a outra, me entrega algo frio e me empurra para a frente.

— Vai, Cobra — Urso diz, ou pensa. Eu me aproximo do presidente, o de verdade. Ele parece estar sufocando, assustado... É horrível. — Você precisa fazer.

Fazer o quê?

Então olho para o objeto na minha mão. É uma faca. Grande, ornamentada... Um punhal, talvez. Não sei a diferença.

— O que é isso?

— Anda, Cobra — Cams diz, em uma voz totalmente diferente, grave e afetada, chegando perto de mim. — É só acertar a barriga.

Então eu me lembro que o presidente deles sofreu um atentado antes da eleição. *Esse* é o atentado.

O homem está se debatendo, se contorcendo. Roxo. Enrugado.

— Mas o plano...

— Esse é o plano, Cobra — Urso fala de um jeito sereno. — É só esticar a mão. Com força. Você nem precisa olhar.

— Não. — Dou um passo para trás. Depois outro.

Cams se aproxima de mim com um olhar furioso e toma a faca das minhas mãos.

A porta se abre e três homens enormes entram na sala. Só consigo ver que Urso abriu um portal, porque a luz forte não me permite enxergar mais nada direito. Mesmo assim, consigo distinguir a figura do presidente esfaqueando a outra versão de si mesmo, antes de pular para dentro do portal.

Não consigo reagir, não consigo pensar... Alguém me puxa com força pelo braço e me arrasta rumo à luz.

A última coisa que vejo é o presidente caído e a toalha que ele veste ficando cada vez mais vermelha.

Capítulo 3

Trix

Estou há três horas tentando contar para Emma o que aconteceu comigo depois que fui embora. Mas ela interrompe basicamente todas as frases que falo. Já está de noite e a luz da casa da árvore queimou. Ou seja, estamos nós duas sentadas no escuro, iluminadas apenas pela lanterna do celular de Emma.

— É por isso que você não fica mais distorcida? — É a primeira pergunta realmente interessante que faz.

Penso por um tempo antes de responder:

— Talvez sim, mas não faço ideia.

— Seus olhos são bonitos — diz, de um jeito meigo, e me pega de surpresa. — Não que eu esteja *vendo* eles agora, mas queria comentar isso desde cedo.

Engulo em seco. Eu realmente não estava esperando por isso. Olho para Emma. Ela está com a cabeça apoiada no tronco da árvore, de olhos fechados. Entendo por que Cobra quis beijá-la, o que não vou fazer, porque não estamos nesse nível.

— Bom, o importante é que... — penso um pouco — ... tenho um jeito de ir atrás do Cobra.

— Como assim? — Ela apruma o corpo e me olha em expectativa. — O que você sabe sobre isso?

— Que um portal foi aberto aqui no dia que ele desapareceu. E algumas vezes antes também. E eu tenho como descobrir onde fica o outro lado do portal.

Emma se levanta tão depressa que me deixa meio tonta.

— Vamos logo então.

— Calma, Emma, não é assim. Eu posso descobrir para onde e quando ele foi, mas é difícil chegar lá. Não dá para abrir um portal no lugar onde a gente quiser abrir, tem que esperar um momento no espaço-tempo em que uma fenda esteja mais forte. Abrir novos portais é catastrófico.

— Mas alguém já abriu um portal, você mesma falou.

— Sim. O problema é que cada nova abertura é única. A mesma fenda nem sempre leva para o mesmo lugar e raramente para o mesmo tempo.

— Não tô entendendo. — Emma está quase chorando. Tenho vontade de abraçá-la e dizer que ela não precisa entender nada agora, prometer que vai dar tudo certo.

— Senta aqui. — Bato com a mão no espaço ao meu lado e ela volta a se sentar perto de mim. Respiro fundo, pego as mãos dela e explico o que Noa me disse. — Há muito tempo, em um planeta muito, muito distante...

— É Star Wars agora? — Nossa, como a Emma é impaciente!

— Presta atenção e não me interrompe! — Aperto as mãos dela só um pouquinho. — O povo desse planeta descobriu um jeito de manipular o tempo e o espaço, abrindo portais que os levavam para outras dimensões. Só que eles exageraram e destruíram o tecido que separava uma linha temporal da outra. O planeta não aguentou e explodiu. — Emma arregala os olhos. — Então fragmentos desse planeta viajaram através do Vazio e muitos deles caíram aqui.

— O meteoro que nos deu nossos poderes...

— É um fragmento desse planeta.

— Como isso é possível?

— Sei lá, Emma, não entendo nada de física. Isso é tudo que sei: vários pedaços caíram aqui em diferentes tempos e dimensões, abrindo essas fendas. Isso por si só já é muito perigoso pro planeta, mas, se a gente começar a explorar essas fendas, vamos acabar explodindo a Terra, como eles fizeram no mundo deles.

— Ah...

— O que esses novos amigos do Cobra fizeram foi forçar e abrir um portal para o lugar e tempo para onde eles queriam ir. A gente não pode fazer a mesma coisa. Primeiro porque não sei como fazer isso. Segundo porque, porra, não quero explodir a Terra! Logo, o que eu *sei* fazer é aproveitar janelas, que são momentos em que a fenda está mais forte, para cruzá-la. Só que a gente precisa do momento e da fenda certos, porque cada vez que um portal se abre, digamos que *naturalmente*, ele se abre num lugar e num tempo diferentes. — Encaro Emma para ver se ela está acompanhando. Parece que sim, então continuo: — O que eu *posso* e *sei* fazer é usar esse aparelhinho aqui, que chamo de apitador. — Ergo o objeto transparente e o posiciono sob a luz do celular. — Com ele, consigo rastrear todas as fendas e janelas que existem e ver onde elas vão parar.

— Ou seja, você consegue levar a gente *para perto* de onde o Cobra foi.

— Isso. Eu configurei o apitador com as coordenadas espaço-temporais do portal pelo qual ele passou. E aí o apitador calculou onde e quando teremos uma abertura que nos leve para o lugar mais perto dessas coordenadas.

— E quando é?

— Daqui a dois dias... — Vejo um sorriso precipitado nascer no rosto dela. — Em Marília, São Paulo.

— Então a gente tem que ir logo! — Emma começa a se levantar, mas eu a seguro.

— Primeiro a gente vai falar com a sua mãe.

— Ih...

— Você quer fazer igual ao Cobra e deixar a dona Jana preocupada?

— Não. — Ela cruza os braços, mas aceita.

É lógico que a mãe de Emma não gosta da ideia. Mas minha amiga bate o pé, diz que já é maior de idade — tecnicamente, o aniversário dela é daqui dois dias — e pode fazer o que quiser. Dona Jana não gosta muito e até se oferece para ir junto. Não aceito. Na minha visão do futuro, éramos só eu e Emma no fusca. Não posso correr o risco de as coisas não serem como devem ser.

Então faço a pior coisa que eu poderia fazer: prometo que vou trazer Emma de volta, o que, obviamente, não sei se poderei cumprir.

Dona Jana faz a filha prometer que vai ligar sempre que for possível e eu sinto um pouco de inveja de ter alguém se preocupando assim comigo. É meio triste saber que não tenho para quem ligar, para onde voltar, não tenho quem me obrigue a colocar um casaco na mala, ainda que esteja fazendo um calor desgraçado em pleno mês de maio.

Sei que um pouquinho de Emma fica para trás assim que ela entra no carro e eu dou a partida. Mas sei também que um pedaço dela está longe, em outra dimensão, com Cobra. Não dá para simplesmente não ir atrás dele.

A viagem é tranquila, embora longa. O fusca segue barulhento pelas estradas esburacadas do leste de Minas Gerais. Felizmente, o Rafael conseguiu fazer um update no sistema de som do carro e encheu um pendrive com músicas da Selena Gomez. Eu me sinto bastante ofendida por isso porque ele sabe que não gosto dela, mas ouço todas baixinho enquanto Emma dorme desajeitada.

Seguimos sem grandes problemas, parando para comer e descansar até Marília.

Emma liga oito vezes para a mãe.

A fenda que vai nos levar até o Cobra fica em um bosque municipal, numa trilha entre árvores muito fofa. Aproveitamos para comemorar o aniversário de Emma fazendo um piquenique sobre a grama, com as coxinhas que compramos na lanchonete e latas de guaraná.

— Como a gente vai fazer para entrar com o fusca aqui? — pergunta, com a boca cheia.

— Vai ter que ser na emoção. — É tudo o que respondo. Não quero contar para Emma que vamos atravessá-la em alta velocidade bem no momento que a fenda se transformar numa janela (e eu transformar a janela em um portal). Não preciso assustá-la assim.

E, quando dá a hora, calculo tudo perfeitamente no apitador para que nada dê errado, respiro fundo e piso no acelerador, invadindo o parque, atropelando cadeiras de plástico e desviando dos seguranças. Emma está tão assustada do meu lado que nem respira.

Já na trilha, grito o comando de voz para o apitador. Uma luz roxa abraça o fusca e vai ficando cada vez mais clara até se tornar completamente branca. Piso no freio antes de conseguir ver qualquer coisa, torcendo para não dar de cara com um muro.

Quando volto a enxergar, o fusca está arrancando capim no meio de um pasto. Felizmente nenhum boi está no caminho.

— Mas que merda foi essa? — Emma grita, desesperada, descabelada e muito, mas muito brava, e sai correndo de dentro do carro assim que paramos.

— Era o único jeito. — Vou atrás dela com o estômago embrulhando de nervoso, embora não consiga acompanhá-la.

— Você devia ter me avisado que a gente ia invadir o parque assim! — Ela se encurva, colocando as mãos sobre a barriga e tentando respirar.

— Desculpa, eu não queria te assustar.

— Pois assustou. — Ela para, respira mais um pouco e olha em volta. — Onde estamos?

— Perto de São Paulo. — Meu alívio ao ver a cidade se transforma em um pavor absoluto. Confiro de novo as informações no apitador.

— É o lugar certo? — Acho que ela já notou, pela minha cara, que tem algo errado.

— É... — Não sei como contar a ela. Ai, meu Deus, como eu vou contar a ela? Encaro Emma, o coração acelerado pela corrida e pelo desespero. — O problema é que estamos em... setembro.

— Setembro? — A voz dela está esganiçada. — De 2021?

— Não. — Tento manter a calma. — De 2027.

— O quê? — Emma quase pula no meu pescoço. — Como isso pode ser *o mais perto* do Cobra? — Ela coloca as mãos na cabeça e não consegue puxar o ar direito para os pulmões.

— A gente enxerga o tempo de um jeito linear, Emma, mas ele não é assim. — Tento acalmá-la, mas eu também estou apavorada. — O tempo é uma chuva, caindo em volta da gente, e voltando, e caindo de novo. Se o apitador trouxe a gente aqui, é porque isso é o mais perto do Cobra que ele conseguia trazer. — *E isso é péssimo*, acrescento em pensamento.

— Mas 2027 é *muito* tempo.

Ela tem razão, lógico que tem. Olho para o apitador, em pânico, já pensando em mil alternativas, quando vejo novas coordenadas.

— Espera... — Solto o ar do pulmão. Minha cabeça chega a doer de alívio. — Acho que é uma escala.

— Quê? — Ela vem para perto de mim e tenta ver o que estou vendo.

— Tipo viajar de avião. O primeiro portal trouxe a gente pra cá, agora a gente precisa pegar outro daqui a seis dias... em Caaguazú...

— Onde?

— Caaguazú — repito. — No Paraguai.

Capítulo 4

Emma

PARAGUAI.

Só pode ser brincadeira.

Tudo bem que ela poderia ter dito *Japão* e aí sim a gente estaria lascada. Tecnicamente o Paraguai é logo ali.

Mas ainda assim...

Confesso que só fingi ter entendido a explicação da Trix sobre portais, fendas e ir parar em dimensões e tempos diferentes. Ou seja, nada me preparou para ir para o *futuro*. Pelo menos estamos na mesma dimensão em que Cobra está, o que não é bem um *alívio*, mas já me ajuda a ficar menos desesperada.

Estou um pouco entediada depois de passar horas a fio ouvindo músicas de divas pop de dez anos atrás e juro que poderia processar a pessoa que montou essa playlist, mas aí começa a tocar Rihanna e mudo de ideia.

Inclusive, nossa, essa mulher não vai lançar coisa nova não?

Tenho vontade de parar em algum posto para assistir ao jornal e ver como está o mundo do futuro — se a Rihanna realmente desistiu de um novo álbum —, mas Trix não deixa.

Ela diz que é perigoso, mesmo que não seja a minha dimensão. Também não recomenda que eu use meu celular. Eu tentei, lógico que sim, só que minha operadora não funciona mais. Meu *smartphone* velho já deve ser uma relíquia. Ainda assim, presto muita atenção em toda tecnologia que vejo enquanto passamos de carro ou paramos para comer e dormir: telas enormes, gente falando sozinha enquanto almoça e sem nenhum tipo de celular à vista; carros muito diferentes, nenhum deles voador, o que é uma pena; drones voando para tudo quanto é lado. É estranho.

Fico me perguntando se as cidades grandes já são um pouco assim na minha época e percebo que nunca estive tão longe de casa.

É... Eu vim parar no futuro por aquele não binário.

Será que ele está bem?

Meu Deus, onde será que ele está agora?

Apoio a cabeça no encosto quando a Rihanna começa a cantar "California King Bed".

Do nada, o carro dança na pista e Trix grita:

— Como para isso? Como para isso? — Ela está desesperada. Dou um pulo na poltrona e olho para ela, confusa. Trix tira as mãos do volante. — A gente vai morrer!!!

Meu impulso é agarrar a direção. Meu coração está tão acelerado que quase morro mesmo. Mas então algo ainda mais estranho acontece: a expressão desesperada da Trix some e ela relaxa, como se seu ataque de um segundo atrás nunca tivesse acontecido.

— Tá tudo bem, Emma — ela me tranquiliza, tomando de volta o controle do carro. Parece outra pessoa quando me olha de soslaio. Voltamos para nossa pista antes de ela parar o fusca no acostamento.

— O que foi isso?

Ela respira fundo, se vira no banco e me olha por um instante.

— Um tempo atrás, eu estava na casa do Mike quando, do nada, minha mente se transportou para o futuro. Para este momento. Foi como se a Trix do passado tomasse o lugar da Trix de agora.

— E onde a Trix de agora esteve?

O olhar dela fica perdido.

— Eu não sei.

— Acho melhor a gente achar um hotelzinho e parar por hoje, 'cê num acha, não? — sugiro, tentando soar leve, embora o coração ainda esteja querendo sair pela boca.

— Acho. Vamos continuar devagarzinho até encontrar algo.

Ainda está cedo quando paramos num hotel de beira de estrada. Já estamos perto de Cascavel, no Paraná. Dou graças a Deus, pela vigésima vez, pelo real ainda ser a moeda do país. Estou gastando todas as minhas economias da faculdade nessa viagem. Fazendo jus ao clichê, eu e Trix sempre dividimos a cama, porque dinheiro não dá em árvore.

Cobra vai me pagar!

Aproveito que ela está no banho e desço rápido até a recepção, onde pergunto se posso usar o celular do recepcionista. O cara me olha de um jeito estranho e responde que não tem celular.

— E como você se comunica com as pessoas?

Ele vira de costas e me mostra um implante na parte de trás do crânio. Só pode ser brincadeira!

— Que bizarro! — Solto sem querer. O sujeito dá uma risadinha.

— Você nunca viu um desses?

— Não. Eu sou... *pobre*.

O moço ri de um jeito tão aconchegante que escoro os cotovelos no balcão e olho para ele feito boba.

— O que você quer pesquisar?

— Os números da Mega da Virada de 2021 — respondo, baixinho.

Ele volta a rir, mas para quando percebe que estou falando sério. Penso por um momento, enquanto ele pesquisa, eu acho. Não estou na minha dimensão, logo não dá para saber se serão os mesmos números. Penso em perguntar o nome de uma grande empresa do futuro, mas o que eu investiria se não tenho nem um real? Vou ficar com os números da loteria mesmo e rezar.

O rapaz me passa os números, que eu anoto no bloco de notas do celular com o título "Números da Mega-Sena". Ele fica olhando com curiosidade para o aparelho.

— Você não é uma viajante do tempo não, né?

Sorrio um pouco desesperada, mas não falo nada. Tecnicamente não sou, né?

Eu sou?

Com a boca seca, agradeço muito e me despeço dele. Tenho que voltar correndo para o quarto antes que Trix saia do banheiro e veja que desci. E é só o tempo de abrir a porta para que ela apareça secando o cabelo.

— Tá tudo bem?

É engraçado que ainda nem tive tempo de pensar em como as coisas aconteceram depressa. Em como uma voz na minha parede está parada agora na minha frente usando um pijama do Bob Esponja que pegou emprestado do amigo, *anos* atrás, mas que, na verdade, foi só há alguns dias.

— Tô sim, só um pouco cansada. — *E afobada por estar mentindo pra você.*

— Nossa, eu tô morta! — Trix se joga na cama. Eu também. Então ficamos deitadas em silêncio até ela quase dormir.

— Trix — chamo, baixinho. — Por que você voltou? — É a pergunta que não sai da minha cabeça desde que a vi na casa da árvore.

Acho que ela dormiu, porque não responde. Então fecho os olhos e deixo minha mente se perder em milhares de pensamentos diferentes ao mesmo tempo.

— Porque eu nunca pensei em não voltar — sussurra tão baixo que a voz parece vinda de um sonho. — Vocês são a minha casa, Emma, eu não tenho outro lugar para onde ir a não ser aqui.

Sem pensar direito, deixo meus dedos tocarem o rosto dela, bem de levinho. Minha criatura da parede. Minha garota de outra dimensão.

Durmo assim, pertinho dela. Acho que também não tenho outro lugar para ir a não ser aqui.

***

Atravessar a fronteira do Paraguai foi mais simples do que imaginei. Eu diria que demos sorte porque *ninguém* nos parou. É óbvio que esse carro não tem seguro válido para o Mercosul, e nós duas definitivamente não temos permissão de entrada.

Mas gastamos toda a sorte aí.

Quando estamos a mais ou menos oitenta quilômetros de Caaguazú, o carro morre. Simples assim.

Depois de horas tentando ver o que tem de errado com o fusca — eu diria que o coitado se cansou —, deixo Trix com o carro na beira da rodovia e corro até achar uma lanchonete-zinha charmosa para gastar meu espanhol ruim comprando comida. Compro *papas fritas*, dois *sandwich de milanesa de pollo* e guaraná (o sabor do Brasil).

Quando volto para perto do carro, meu coração quase para por um momento. Tem um cara perto da Trix. A princípio, penso ser um policial ou algo assim, mas é só alguém aju-dando com o fusca. Desacelero para parecer alguém *normal*.

— *¡Listo, chica, creo que ahora funcione!* — Meio que entendo o espanhol dele, *pero no mucho*.

Trix volta para perto do carro, que pega. Suspiro, aliviada.

— *¡Gracias!* — ela agradece num sotaque horroroso.

— *¡De nada!* — responde, simpático, e acena para mim assim que me vê.

Trix entrega para ele uma grana alta que me faz arrega-lar os olhos e o rapaz sorri todo feliz, se despedindo de nós e indo embora em uma moto velha. Fico olhando para Trix esperando uma explicação, mas ela só diz "é o meu charme" e entra no carro. Eu me sento no banco do passageiro e entrego o lanche a ela.

— Será que a gente consegue chegar lá? — pergunto, um pouco apreensiva.

— Bom, já viemos até aqui, né?

— E se tiver polícia na estrada?

— Não vai ter — responde com tanta certeza que um nó se forma na minha garganta.

— Tomara que esse portal leve para o lugar certo e não para o Alaska em 1903. — Tento brincar, mas as lágrimas já se formaram nos meus olhos. — Sabe, Patrícia, eu tô tão cansada, tô com tanto medo! — E choro. — Acho que meu poder é correr porque preciso alcançar o Cobra. Ele corre tanto, foge tanto… Dele mesmo, do que sente, do que é. E eu me sinto ficar pra trás. Só queria correr com ele. Só queria… — Minha voz falha.

— Ele tá bem, Emma.

— Como você pode saber? — Quase não dá para entender o que digo.

— É que a pessoa que escreve o nosso livro prometeu que não mataria ninguém. — Trix sorri de um jeito sereno. Acho que quer me acalmar. Rio no meio do choro, soluçando enquanto tento secar as lágrimas, sem jeito.

— Você é ridícula! — Dou um tapinha no braço dela e quase derrubo as batatas.

— Eu tô falando sério…

Bufo e seco o rosto com a camisa.

— Cara, você e o Cobra ainda vão me matar de raiva.

E sorrio ao perceber que também confio que vamos encontrá-lo. Acho que tudo vai dar certo no final.

Tem que dar certo no final.

Capítulo 5

Cobra

— Mas que merda foi essa? — grito assim que piso na sala de Urso, com ele ainda segurando meu braço. O portal se fecha atrás de mim. —Que merda foi essa?

— Cadê Gi? — Cams, que voltou a ser ela mesma, pergunta, olhando por cima do meu ombro.

Ignoro. Estou muito nervoso para me importar. Então grito, mais alto do que antes.

— Vocês em algum momento tiveram outro plano que não fosse esfaquear o presidente?

Urso abaixa a cabeça. Olho para o capacete idiota que ele ainda está carregando.

— Essa porcaria pelo menos funciona? — Dou um tapa tão forte no capacete que ele se esborracha no chão.

— Urso, nós precisamos voltar. Gi ficou para trás. — Pela primeira vez, vejo Cams realmente fora de si.

— Não tem como... — É tudo o que ele diz.

Eles vão matar a gente.

Ouço o pensamento, mas estou tão nervoso que não sei a quem pertence.

— Era pra você ter deixado *ele* pra trás, não Gi! — Sei que Cams não gosta de mim, mas isso dói. Minha boca seca. — Por que você fez isso, cara? — Ela passa a mão na cabeça, desesperada, e suja o rosto com manchas vermelhas. Noto que suas mãos estão cheias de sangue.

O desespero faz meu estômago dar um nó.

O que a gente fez?

Eles vão matar a gente, o pensamento se repete, e agora consigo perceber que vem de Cams.

— Eles quem? — pergunto sem gritar.

— Nós temos... um chefe. — Urso se senta ao lado de Cams e sutilmente limpa um pouco o rosto dela.

Minha voz quase não sai.

— Alguém contratou vocês pra isso? — Estou tão decepcionado, principalmente comigo mesmo, que quase não consigo respirar. Urso não responde, mas o silêncio é a resposta que preciso. — Eu quero ir para a minha casa — exijo. Firme como nunca fui antes na vida.

— Você não pode ir. — Cams me olha como se me odiasse.

Urso passa as mãos nos cachos.

— Você precisa ajudar a gente a salvar Gi.

— Ah, mas eu não vou mesmo! — Bato o pé. — Vocês mentiram pra mim, vocês são... assassinos.

— Se você pudesse voltar no tempo para matar um genocida, você voltaria? — Cams pergunta.

Não. Eu não voltaria.

Não sei se isso me torna um herói ou um covarde.

— A gente precisa da sua ajuda. — Urso está com os olhos cheios de lágrimas. Ele me tirou de lá. Poderia ter sido eu a pessoa que ficou para trás...

Não sei se isso me torna um herói ou só burro mesmo, mas confio nele.

— E qual é o plano? — pergunto com os ombros caídos.

— Não temos um plano. — Urso olha para os próprios pés. Bato os braços contra as laterais do corpo.

— Aí cê me quebra! — reclamo, segurando uma vontade enorme de chorar.

— Elu provavelmente vai para São Braz.

— São Braz?

— Sim, uma instalação do governo para pessoas com superpoderes.

— Peraí, o governo *sabe* da existência de pessoas superpoderosas?

— É claro que sabe — Urso diz como se fosse óbvio e me sinto burro. *Mais* burro.

Eu sinto que tudo está errado. Pensei que estava acostumado em me sentir tão deslocado, mas nunca me senti desse jeito. É como se existisse um buraco dentro de mim.

— O que acha que vão fazer com elu? — digo depois de muito tempo de silêncio.

— Dissecar para descobrir mais sobre os poderes delu — Cams responde, seca.

— Ai, credo. Talvez alguém possa ajudar — sugiro, pensando no tal chefe deles. Embora eu saiba que não estamos em um filme hollywoodiano.

— E quem seria? — Ela revira os olhos. Cê acha que alguém sente falta da gente?

— Nós somos Dissidentes porque ninguém se importa — Urso diz, mais sutil do que Cams. — Não há espaço no mundo pra nós. A Cams vive com a mãe e cinco irmãos em um espaço de apenas dois quartos. Eu fui chutado de casa com quinze anos e agora ajudo minha mãe a cuidar do meu irmão, mesmo aquela velha maldita e transfóbica não querendo nem olhar na minha cara. E Gi... — Ele para e encara o teto. — Você sabe que não é fácil ser uma pessoa trans no mundo.

Abro a boca para responder, mas as palavras não saem.

— De nós quatro, você sempre foi o que tinha mais chances — Urso continua. — Você é o que *tem* mais chances. Sua mãe te ama, seus amigos te amam. Eles vão procurar por você. Vão fazer cartazes sobre você. Não vão desistir até você voltar pra casa.

— Do que você...

— Vamos — ele me interrompe. — Temos que ir agora ou não vamos nunca.

Urso nem me espera processar o que acabou de dizer, simplesmente abre um portal e entra nele, sem sequer tentar pensar em um plano. Eu não deveria ir atrás dele, mas vou.

Meus olhos demoram se acostumar com a mudança de claridade, mas nem Urso e nem Cams esperam por mim e saem andando na frente. Tento segui-los e não consigo. Está escuro e tudo o que meu cérebro consegue detectar por alguns instantes é o cheiro de produtos de limpeza baratos. Não quero ficar desesperado, embora já esteja ficando.

Meu nariz coça. Todas as partes do meu corpo me dizem para ficar parado e esperar que eles voltem, mas não paro. Tem algo me puxando, uma curiosidade, sei lá.

Ouço algo duro sendo cortado e sigo esse som. Conforme caminho, percebo o ambiente ao meu redor. As paredes estão descascadas, cheias de infiltrações e pichações antigas. Meu coturno preto deixa pegadas na poeira que suja o chão.

O barulho fica mais alto quando me aproximo de uma porta entreaberta. Entro por ela e me vejo em um corredor, bem mais limpo do que aquele em que eu estava, mas ainda assim antigo e malcuidado.

Há uma luz saindo pela fresta de uma das portas. Noto que não está trancada e, devagar, entro por ela.

Meu sangue gela.

Estou em uma enfermaria de hospital. Há camas a perder de vista, todas elas ocupadas. Sinto que estou em um cenário de guerra.

Observo as pessoas pelas quais vou passando. A maioria jovens, algumas... tem uma aparência quase alienígena. Vejo uma garota, certamente mais nova do que eu, com o rosto quase todo coberto por escamas em um tom de cobre. Há um jovem com fendas no lugar do nariz, outra com chifres enormes...

Minha pressão ameaça cair, mas sigo em frente até encontrar o que estou procurando.

Gi está em uma das últimas macas. Os cabelos pretíssimos e com as pontas verdes, a pele branca a ponto de quase brilhar.

— Ei. — Eu me abaixo para sussurrar em seu ouvido. — Acorda, Gi. A gente precisa vazar.

Chacoalho sua mente com meu poder, até que ele abre os olhos com dificuldade.

— Cobra? — pergunta com a voz fraca. Começo a retirar as agulhas que estão fincadas em Gi, mas ele segura meu braço. — Você tem que sair daqui. Eles...

Mas o alerta vem tarde.

Cams e Urso finalmente aparecem, mas não estão sozinhos. Há soldados vestidos com máscaras de gás e um homem que reconheço.

Naro.

Os malditos Dissidentes trabalham para a Associação?

A Associação trabalha com o governo?

Um dos soldados joga um objeto redondo perto dos meus pés, e dele começa a sair uma fumaça amarelada. Eu apago lentamente, com um único pensamento na cabeça:

"Eles vão me quebrar."

Capítulo 6

Trix

O portal do Paraguai nos leva para 2018.

Há três sinais recentes de abertura forçada de portal. Um que abriu em São Paulo, um em Juiz de Fora e o último em Brasília, quatro dias atrás, em 7 de setembro. Não faço ideia do que o Cobra está aprontando, mas não pode ser coisa boa.

Eu e Emma viemos parar em Valparaíso de Goiás, que fica pertinho de Brasília, o que me leva a crer que esse é o nosso destino. Não acredito que vamos conseguir chegar mais próximo de Cobra do que isso.

Cruzo as informações do apitador com o Google Maps e o sinal do último portal forçado parece vir de um hospital. Eu gelo. Tem que ser lá.

Quando começo a pesquisar sobre a localização, meu celular desliga. O de Emma também já perdeu a bateria há tempos.

— Bota a máscara porque vamos ter que bater lá. — Com uma das mãos, aponto para a entrada de uma chácara que fica no meio da cidade. Com a outra, mostro o celular desligado para Emma.

— Pelo menos a gente tá no país e no ano certos. — Ela dá de ombros e começa a andar na minha frente rumo ao portão de metal.

— Ô de casa! — Grita e bate palmas. Demora uns cinco minutos para o portão automático abrir e alguém aparecer.

A moça branca e de cabelos bem escuros fica olhando para nós como se fôssemos ETs. Admito que nossa aparência não está das melhores, mas não deve estar tão ruim assim.

— Oi?

— Ei — digo. — A gente tá meio perdida e nossos celulares morreram. — Sorrio sem graça, mostrando meu *smartphone*. — Podemos usar uma tomada?

Ela nos analisa de cima a baixo.

— E como vocês se chamam?

— Eu sou a Patrícia e ela é a Emma.

— Hm... — A moça olha para Emma, depois para mim, depois para Emma de novo. — Tá bom. — Faz um sinal para que a gente passe. — Eu sou a Bia, aliás.

— Oi, Bia.

Ouço Emma falar atrás de mim, mas apenas sigo, com os pés fazendo barulho no chão de terra. Fico olhando as árvores grandes do terreno, achando interessante como uma delas solta algo parecido com algodão. Noto uma área com duas cadeiras de balanço e um sofá, e acho que a moça vai nos levar até lá, mas, não, ela nos encaminha até a casa.

Na entrada, tem uma salinha pequena, com uma prateleira e uma cômoda de madeira antiga, cheia de coisas por cima. Resisto à vontade de ir olhar a lombada dos livros. Bia nos leva até uma sala maior. Eu me concentro nas tomadas espalhadas pela parede. É isso o que importa.

— Vocês podem se sentar aí. — Ela aponta para o sofá. Eu me sento perto de uma tomada baixa e tiro o carregador da mochila. Emma continua em pé, olhando tudo ao redor. — Querem... comer alguma coisa?

É, talvez a gente esteja com a cara péssima.

— Eu quero. — Emma levanta o dedo, antes de se sentar no sofá. — A última coisa que comi foi daqui a dez anos.

Bia franze o cenho, como quem não entende uma piada, e olha para mim.

— Eu... aceito uma água.

A moça nos deixa na sala e some por uma porta.

Ligo o celular e retomo minha pesquisa. A primeira coisa que encontro é uma matéria dizendo que o tal Hospital São Braz, que estava abandonado havia anos, agora tinha sido interditado pelo governo porque estava sendo reformado. Vejo algumas fotos mais antigas. É esse o lugar em que estive na minha visão, tenho certeza.

Olho para Emma, nós duas precisamos de um descanso. Se eu contar para ela que achei o Cobra, ela vai sair correndo sem nem comer o lanchinho da moça. Me sinto mal por omitir essa informação, mas omito. Aproveito o tempo para mandar uma mensagem para Noa através do apitador, porque sei que assim ela vai chegar até ele, não importa em que tempo esteja. Aproveito também para pedir que Noa passe um recado para Mike. Se tudo der errado, quero que eles saibam que eu estava lutando pela minha família.

> Te amo, Mike

> Obrigada por me acolher na sua casa estranha

> Obrigada por ter sido um amigo tão bom quando eu fui uma amiga tão ruim

> Se eu não voltar, saiba que não me arrependo de nada

> Só não esquece de mim e vê se rega as plantas no quintal

> Manda um beijo pra sua mãe no Natal de 2022, ela vai fazer o pudim que você gosta e pedir desculpa por tudo

> Espero te ver em algum momento, através de uma janela entre dimensões

> Mas, se não vir, saiba que estou lutando pelo futuro dos meus amigos

> Estou lutando pelo *meu* futuro

> E isso vale qualquer risco

> É uma luta que vale a pena

> Sempre vale a pena

Bia volta com dois pedaços grandes de bolo, café e água. E eu penso que ela poderia ser um anjo — meio das trevas com essa roupa escura, mas um anjo.

Quando terminamos de comer, agradeço à moça pela hospitalidade e sigo com Emma até o fusca parado na estrada.

— Conseguiu achar a informação que você queria? — pergunta, assim que entramos no carro.

— Uhum. — Dou a partida sem falar mais nada. Emma não parece muito feliz com isso. Sinto o olhar dela queimando minha orelha.

— E...?

— Estamos indo para o local.

— Outro portal? — insiste.

Que saco! Não sei mentir.

— Acho que... tem a possibilidade de ser onde o Cobra está ou onde ele esteve pela última vez.

— O quê? — Ela pega meu celular no guarda-copos, desbloqueia a tela e olha a localização do hospital. Como ela sabe o meu padrão eu não faço ideia. — Você não ia me contar? — grita, bastante decepcionada.

— Emma, eu achei melhor não criar falsas expectativas e você ia... — Paro de falar porque ela está tentando abrir a porta.

— Para o carro.

— Não, Emma.

— Vou abrir essa porta no chute — ameaça. — Você sabe que consigo.

— Se você for correndo, não vamos chegar juntas.

— Se eu for correndo, chego mais rápido. — Ela nem cogita a possibilidade de eu me teletransportar, o que eu mesma pensei em fazer, apesar de saber de todos os riscos.

Paro o carro. Emma tem razão.

Ela me olha com intensidade antes de abrir a porta do fusca e correr para salvar o Cobra. Parte de mim sente uma puta inveja dele. Será que alguém, algum dia, correria tanto assim para me salvar?

Sigo em frente, dirigindo o fusca pela rodovia. Eu poderia me teletransportar para lá num piscar de olhos e correr o risco de a Associação me pegar de novo.

E isso vale qualquer risco. É uma luta que vale a pena. Sempre vale a pena.

Merda!

Paro o carro de qualquer jeito no acostamento e me concentro no hospital da minha visão, na voz do Cobra na minha cabeça, em Emma. Fecho os olhos e deixo a sensação gelada me abraçar. Me despedaço para me reconstruir ao lado da Emma num hospital abandonado na Asa Sul de Brasília.

— Que susto, porra! — Ela coloca a mão no peito ao me ver, ofegante por causa do choque.

— Desculpa. — Olho em volta. Estamos dentro de uma parte abandonada do hospital com paredes pichadas e caindo aos pedaços, equipamentos abandonados e um fedor de morte. Misericórdia. — Como você entrou?

Emma aponta para uma abertura na parede. Vou até lá e verifico que estamos no terceiro andar. Certamente ela viu o buraco e pulou aqui dentro. Parece que ela anda boa nisso.

— E agora? — pergunto.

— Vi uma movimentação do outro lado. — Emma sai andando no meio da sujeira. — Acho que estão reformando, mas pode ser, sei lá, outra coisa.

— Uma instalação secreta?

— Algo assim.

Vou atrás dela, tentando não fazer barulho. Paramos ao ouvir vozes vindas de um corredor.

— Então, precisamos de um plano para não chamar a aten...

Emma nem me ouve e sai correndo rumo às vozes. Eu a acompanho só para ver que ela está literalmente chutando todo mundo que vê pela frente. O chão treme quando ela salta por cima de dois caras e vai parar no topo de uma escada.

Já que lasquei tudo, uso meu teletransporte para me movimentar mais rápido, checando os cômodos onde as coisas parecem estar mais em ordem. Há pessoas aqui. Não os soldados que estão apanhando da Emma. Mas... pacientes. Passo por três quartos, todos ocupados. Não reconheço quem são, porém algo nessas pessoas faz meu estômago se contrair.

Sigo em frente até chegar a um corredor familiar. Estou sozinha nele, enquanto, atrás de mim, posso ouvir nitidamente o som de coisas quebrando e pessoas sendo chutadas. Pelo menos é o que acho que está acontecendo. Tem uma porta enorme na minha frente e já sei o que vou encontrar lá dentro: um quarto com cheiro de desinfetante, sete camas vazias e uma ocupada.

Em vez de entrar no cômodo, no entanto, eu apago.

Volto a mim quando sinto um vento forte bater no meu rosto.

Emma para na frente da cama que acomoda uma pessoa e olha para mim.

— É ele, Trix. Abre um portal agora!

— Eu não sei abrir portal assim, Emma. — Corro na direção dela, que está tentando desconectar os fios. Passos apressados se aproximam. *Muitos* passos.

Coloco a mão no bolso depressa e **pego o apitador, seguran-do-o** com força. Não faço ideia de como **eu poderia abrir um portal** assim do nada.

— O que a gente faz? — pergunto para Emma.

— Se teletransporta com ele.

Olho para Cobra. Ele está tão diferente, mas **não consigo dizer** exatamente o que tem de errado.

— Ninguém se mexe — um homem grita atrás de **mim**.

— Droga! — Aperto o apitador e encaro Emma. **Minha boca está** seca.

— Eu chuto eles e você tira o Cobra daqui!

— Ei, moças... A gente não quer atirar em ninguém. Seria um desperdício.

Eu me viro devagar. Tem um sujeito branco e alto, todo vestido de preto, apontando uma arma para mim. Atrás dele, muitos outros sujeitos vão entrando no cômodo. Nem se fossem dez Emmas, ela daria conta de parar todos eles.

Fecho os olhos, segurando o apitador com força. Penso em Noa e no tempo. Em Mike e no universo. Na minha mãe e no infinito.

Penso em mim, dividida em bilhões de pedaços, como poeira voando depois de um sopro. Penso em Emma de volta à casa da árvore, com Cobra deitado no colo.

Algo gelado deságua do meu peito, inundando minhas veias, minha pele, meus olhos. Abro os braços e rasgo o espaço à minha frente, com as bordas pintadas de roxo-neon flamejante. Os homens desaparecem, as vozes são abafadas por Green Day.

Eu me viro para encarar Emma, que está assustada e acuada, mas segurando firme a mão esquerda do Cobra. Minha mão está toda lilás, brilhando quando abro os braços, pronta para me quebrar em bilhões de pedaços.

— Vai! — É tudo o que eu digo antes de me rasgar e me transformar em um portal. Emma pega Cobra no colo, levando junto os fios cheios de líquido verde, e me atravessa..

Então eu caio.

Infinitamente.

Pedaço por pedaço.

Despencando na luz roxa.

Até o fundo.

Caio de costas em milhares de cacos de vidro. Não sinto a dor da pele sendo rasgada, mas vejo o sangue se espalhar lentamente.

Já estive neste lugar, nesta casa de espelhos. Olho para os meus reflexos infinitos. O roxo ficando vermelho. O vermelho ficando branco.

— Não! — Minha voz não é minha voz, é um murmúrio abafado, rouco e frágil. Caio no chão, sem força nenhuma. A luz branca faz os pedaços de vidro desaparecerem, levando embora aquelas partes de mim. Unificando tudo. Esvaziando tudo.

Uma risada ecoa em meus ouvidos e reverbera nas paredes acolchoadas.

— Não! — repito, um pouco mais firme. Meu sangue está sujando o chão cada vez mais branco, mas ninguém parece se importar. — Vocês não vão me prender de novo. — Eu me debato e acerto ninguém. A casa dos espelhos está desvanecendo, escapando entre meus dedos. — Eu sou livre! — Bato no peito e cerro as mãos em punho.

O gelo dentro de mim se espalha. Ouço a risada de Emma dentro da minha cabeça, sinto os dedos dela no meu rosto. O cabelo cor-de-rosa como o esmalte que minha mãe amava.

— Vocês não vão me prender de novo! — Abro as mãos em frente ao rosto e rasgo o espaço pela última vez.

Capítulo 7

Emma

Ela conseguiu.

Trix nos trouxe de volta para a casa da árvore.

Com calma, deito o Cobra no chão e vou tirando os tubos que estão ligados a ele. O líquido verde não tem cheiro nenhum, mas fica evidente que seus efeitos são terríveis. Não sei o que fizeram com meu amigo, mas minha vontade é voltar lá e chutar a cara de todo mundo.

Quando termino de tirar essas merdas, eu me sento no chão e apoio a cabeça dele no meu colo.

Será que a Trix já deveria ter voltado?

Será que aconteceu alguma coisa?

E se a Associação a pegou de novo?

E se ela não escapou daqueles caras?

Procuro meu celular e só agora me ocorre que o deixei no fusca... em 2018... em outra dimensão. Então puxo o celular da Trix do bolso, que felizmente funciona, faço login no meu Instagram e mando uma mensagem para a minha irmã porque não lembro o número de ninguém.

> Pede pra tia Andreia vir aqui na casa da árvore.

> Emma, você tá bem?

> Tô, mas, é sério, fala pra ela vir logo!

> Tá bom!

— Emma? — A voz de Cobra me sobressalta.

Eu arregalo os olhos.

— Ei! — digo, com cuidado.

Ele não abre os olhos, mas se mexe um pouco. Os tubos deixaram manchas roxas em seus braços. Mas essas são as únicas manchas que vejo. As escamas que ele se esforçava tanto para esconder não estão mais aqui.

E eu sinto como se uma parte minha também não estivesse.

Lentamente, Cobra passa as mãos no rosto e abre os olhos.

Meu coração para.

As íris estão esverdeadas como eu me lembrava que eram, as pupilas redondas e os olhos brancos. Normais.

Coloco a mão na boca, em choque, e ele percebe. E não demora cinco segundos para notar que os braços não estão mais com escamas. A expressão de pavor em seu rosto parte meu coração. Cobra olha para as mãos, alisa o rosto, embaixo dos olhos, nos ombros.

— O que aconteceu? — pergunta, numa voz fraca.

— Fizeram alguma coisa com você. Tinha um trem verde, tipo um soro, no seu corpo todo. Você não se lembra de nada?

— Não. — Cobra começa a chorar baixinho. — Que saco! Eu tô normal, não tô?

Meu peito dói tanto que até esqueço que eu deveria estar batendo nele por ter sumido. Começo a chorar junto, porque, caramba!

— Você é lindo de todo jeito, Cobra.

— *Mas eu não quero ser normal* — diz, virando de lado para chorar ainda mais.

Não sei o que dizer, não sei se deveria abraçá-lo ou deixar que ele fique quieto. Não sei de nada.

Eu me levanto, agoniada. Tia Andreia não chega. Trix não chega.

Cadê ela?

Por que ainda não chegou?

Eu não devia ter pressionado tanto para que ela abrisse um portal. E se... aconteceu alguma coisa?

E se ela não voltar nunca mais?

Um vento gelado, muito gelado, bate no meu rosto, me fazendo fechar os olhos. Ouço o barulho de algo despencando e, quando volto a abrir os olhos, vejo que Trix está caída, sangrando muito.

— Ai, meu Deus! — Ajoelho no chão ao lado dela. O sangue vem das costas. — Trix?

Ela abre os olhos, e estão totalmente roxos.

— Consegui?

— Sim. Estamos em casa. — Minhas mãos trêmulas tentam encontrar o lugar de onde sai o sangue, mas parecem ser vários machucados.

— E o Cobra?

— Ele vai ficar bem. Agora fica quietinha.

— Já era, Emma...

— Já era nada! Você prometeu que o autor do nosso livro não mataria ninguém. Você me disse que a gente tinha um futuro juntas. Então cala a sua boca e fica quieta. Que mané já era!

Cobra vem rastejando até onde estamos e me ajuda a estancar os ferimentos. Mas é muito sangue.

— Você prometeu. — Trinco os dentes quando vejo que ela está fechando os olhos.

— Trix. — Cobra dá um tapinha no rosto dela, que o encara, mas não diz nada. O som de um carro freando me faz respirar aliviada.

— Meu filho! — Tia Andreia puxa Cobra para um abraço apertado.

— Ajuda a minha amiga, mãe. — Ele a empurra de leve, terrivelmente desesperado, assim como eu.

— Nossa! — Ela se ajoelha no chão. — Chama uma ambulância, meu filho. — Entrega o celular para ele. — Emma, me ajuda aqui, mantém ela acordada.

— Ei, Trix. — Dou um tapinha no rosto dela, igual o Cobra fez antes. — Lembra que o nosso livro tem que ter final feliz?

— Deixa de ser besta, Emma — fala baixinho, fraca. — Ninguém vai escrever um livro sobre super-heróis no interior de Minas Gerais.

— Nós somos super-heróis?

— Uhum... — Fecha os olhos.

— Então a gente tem que salvar o mundo, né? — Seguro o queixo dela, que me encara de novo, sem conseguir focar no meu rosto. — Trix?

— É...

— Então a gente precisa de você. O Cobra é muito tapado e eu sou muito impulsiva. Desse jeito não vamos salvar nem o gato da dona Jacira que vive preso em árvore.

— Mas você tem as superpernas...

Tia Andreia ri, e acho que em parte é de nervoso.

— É... — Olho para Cobra. — Mas a gente precisa de você, Trix. Não vai embora de novo. — Ela volta a fechar os olhos. — Trix?

— Só Emma e Cobra — murmura.

— Quê?

— Só Emma e Cobra é um bom nome... pro livro.

— Não. É um nome horrível. Trix?

Dessa vez, ela não responde.

Capítulo 8

Cobra

Sempre fui diferente. Sempre.

Eu tinha sete anos e gostava de brincar de corrida com os meus primos. Eles não me deixavam ficar com os carros, mas eu fazia a pista na rua de terra, com barreiras e curvas e linhas de chegada. Lembro que, naquele dia, minha prima Maria Antônia queria brincar comigo de Barbie, mas eu não queria de jeito nenhum, e ela saiu chorando pela casa da minha avó, me chamando de *esquisita*.

Tentei muito não ser esquisito. Pintei meu quarto de cor-de-rosa e o estampei com papéis de parede de nuvens. No fundo, eu gostava do meu quarto, mas me sentia preso nele. Ele não era rosa e cheio de nuvens porque eu queria, era porque eu achava que tinha que ser assim.

Com doze anos, entendi que eu era mesmo esquisito. Meu pai não queria me dar um videogame de Natal, e eu não queria ganhar mais nada. Então tentei, por muito tempo, ficar amigo dele. Aprendi a gostar das bandas que ele gostava, a torcer para o time que ele torcia e até parei de assistir a séries na TV com a minha mãe porque ele as achava bobas. Só que nunca consegui ser o que o meu pai esperava. E nunca ganhei meu videogame.

Quando ele morreu, parte de mim se viu livre. Eu não precisava mais provar nada para ninguém. A outra parte está presa em luto e inseguranças até hoje.

Olho para os meus dedos antes de criar coragem para encarar o espelho. Sou eu. Sem escamas, sem olhos de cobra. Mas ainda assim sou eu. De alguma forma, ainda me reconheço, embora esteja vendo alguém que deixei no passado. É que eu sempre fui diferente, ainda que tivesse a mesma pele que todo mundo, o mesmo tipo de olho. Sempre estive fora dos espaços onde tentavam me encaixar.

Existindo.

Dissidente.

Não consigo parar de pensar naqueles três. Por que me enganaram? Como estão agora?

Meus olhos ardem bastante quando os faço voltarem a ser olhos de cobra. Parece que eu posso fazer isso agora. Posso suprimir minha aparência reptiliana. Não sei o que a Associação fez comigo, talvez estivessem tentando aumentar meus poderes ou mudá-los. Talvez estivessem tentando me fazer parecer normal. Mas eu não quero ser normal. Não quero mais fugir de quem eu sou.

Eu sou um fofoqueiro que lê mentes e tem olhos e escamas de cobra. Meio burro e covarde, mas eu sou só um não binário completamente apaixonado pela minha melhor amiga e que tem a mania de estragar tudo.

Emma não está falando comigo. Sei que me culpa por tudo e ela tem razão. Eu também me culpo, embora não soubesse que havia se passado tanto tempo. Para mim, foram dias, mas, para ela, foram *meses*.

No fim das contas, não salvei ninguém. Não fui herói. Só fui um bobão que fugiu de casa.

— Cobra? — Minha mãe entra no quarto sem pedir licença, o que faz parte do castigo de seis meses que ela me deu. Eu sinceramente achei pouco pela preocupação que causei em todo mundo. — Tá pensando em ir a algum lugar? — Coloca as mãos na cintura.

— Não, senhora. — Encaro os pés.

— Hm... A Emma está te chamando pra ir na casa da árvore hoje mais tarde.

— Quê?

— E eu só vou deixar porque foi a Emma que pediu. — Ela pega minha orelha. — Mas o senhorito ainda está de castigo. Entendeu? — Deixa escapar um sorrisinho.

— Sim, senhora — respondo, ainda sem conseguir olhar nos olhos dela. Minha mãe começa a se dirigir para fora do quarto. — Mãe... — chamo antes que ela saia pela porta.

— O que foi?

— A senhora me perdoa?

— Ô, meu filho, você já me pediu perdão umas setenta vezes...

— Eu sei, mas é que eu fiz a senhora passar por muita coisa. — Mordo a cutícula do meu indicador.

— Cobra. — Ela passa a mão nas escamas sob os meus olhos de um jeito tão meigo que só faz meu estômago afundar mais. É incrível como ela me ama de um jeito tão incondicional. — Eu já te perdoei há muito tempo, desde o segundo em que vi você vivo naquela casa da árvore. — Meu coração aperta. Não mereço a minha mãe. — E já entendi que você ainda vai viver muitas outras aventuras irresponsáveis como essa, porque você é diferente das outras crianças. Você, a Emma, seus amigos de outras dimensões. Só te peço para não sumir assim, meu filho. Mas, se sumir, leva a Emma. A bichinha quase morreu porque você desapareceu sem ela.

Tento não sorrir, juro que tento, mas não consigo.

Quando já está no corredor, minha mãe grita:

— Mas o castigo ainda está de pé.

Sorrio mais ainda.

***

Não visto a jaqueta para ir encontrar a Emma, não quero mais ficar me escondendo, mas não consigo abandonar os óculos. Acho que eles já fazem parte da minha identidade, do meu mistério. Ok, essa parte do *mistério* talvez não, mas um não binário pode sonhar, né?

Alguém colocou lâmpadas na parte de fora da casa da árvore, assim como cordões de luzes LED, dessas de Natal, pelo tronco. Está bonito.

Emma está sentada em uma cadeira branca, bebendo alguma coisa numa caneca com as cores da bandeira bissexual, e cruza os braços quando passo pela porta, sem dirigir uma única palavra a mim. Nem mesmo um mísero pensamento sequer. Me sinto vazio sem a confusão dela na minha cabeça.

Quando voltei e me vi parecendo só mais um ser humano normal, tive medo que meus poderes de telepatia também tivessem sido tirados de mim. Mas, no fim das contas, meu poder *aumentou*. Consigo controlar melhor os pensamentos que ouço, posso suprimir minha aparência, embora não queira fazer isso...

Alguma coisa boa tinha que acontecer, né?

Um ar gelado sopra na minha orelha.

— Ei, Cobra. — Trix acaba de se teletransportar e me assusta um pouco. Ela está trazendo almofadas estampadas que reconheço da casa de Emma e as entrega para mim. — Peguei pra você, porque só tenho aquela cadeira aqui e um colchão.

— Tudo bem, tá ótimo. — Aceito as almofadas e sorrio para ela. — É bom te ver, Trix. Como estão as costas?

— Quase cem por cento cicatrizadas — diz, com um sorrisão no rosto.

Abraço a almofada, completamente aliviado, e, sem pensar, olho para Emma. Talvez para que ela saiba que deu tudo mais ou menos certo no final, que não precisa continuar me odiando. Mas minha amiga segue com a expressão impassível.

Ela já te perdoou e só tá fazendo drama!, Trix fofoca na minha mente e dou uma risadinha.

Nos sentamos perto da árvore. Escoro minhas costas no tronco, usando a almofada como apoio. Trix não, ela se senta de frente para mim. Eu me pergunto se os cortes ainda doem muito, nem que seja uma dor psicológica, e volto a me sentir culpado por tudo. Mas ela toca gentilmente minha perna com a mão e sorri de um jeito tranquilizador, como quem diz "tá tudo bem".

— Tô feliz que suas escamas voltaram — comenta, acho que para me deixar mais à vontade.

Por um instante, penso que Emma vai arrastar a cadeira dela para a nossa frente, mas ela não faz isso. Apenas se levanta em silêncio e se senta bem do meu lado. Tipo, *encostando* em mim. Eu poderia fazer o que sempre fazia e passar o braço ao redor dos ombros dela, mas não vou arriscar.

— Chamei vocês aqui em casa porque a gente precisa conversar — informa Trix. — Recebi uma mensagem do Noa hoje, pelo apitador, confirmando uma suspeita que a gente já tinha. — Ela respira fundo e olha de Emma para mim.

— Seus *amiguinhos* trabalham para a Associação. — Emma completa a informação, fria como gelo.

Eu meio que já sabia. Mas, ainda assim, fico triste. Por tudo.

— É assim que eles pagavam as contas. — Percebo o que estava bem diante dos meus olhos. — Eles não queriam matar o presidente para salvar o país, estavam tentando sobreviver. Eram só funcionários. — Sinto um pouco de pena deles. — Só não entendo por que eu. Eles não precisavam de mim...

— E não é óbvio? — O jeito como Emma fala me deixa mal. Será que ela não vai me perdoar nunca?

— O Noa me disse que eu era mais forte do que ele esperava. Acho que a Associação não consegue mais me prender como antes. Acho que eles não conseguem abrir um portal aqui e me levar de volta. — *Porque minha âncora é forte,* completa em pensamento, sorrindo para nós. Não entendo o que ela quer dizer, mas não interrompo. — Então criaram uma armadilha usando você. Eles sabiam que eu me arriscaria para tentar te salvar. Eu só não entendo *como* eles sabiam disso.

Fico olhando para Trix por um instante. Minha boca está seca. Eu me sinto tão culpado...

Mas precisamos pensar direito no que aconteceu e minha culpa não vai ajudar em nada.

— O líder dos Dissidentes me disse que *sabia* de coisas. Não entendo exatamente o que ele quis dizer com isso, mas pode ser um superpoder. Talvez ele soubesse o tempo todo que eu era o elo mais fraco do grupo, o mais fácil de enganar. Mas que droga, Trix! — Bato nas minhas pernas sem muita força. — Desculpa por ter sido tão... enfim, *burro.*

— Eles tentariam de todo jeito — ela diz, dando um tapinha de leve na minha mão para me tranquilizar. Não resolve.

— Espero que, da próxima vez, você pelo menos *pense* antes de fazer uma merda desse tamanho. — Emma se levanta, encerrando a conversa, e me deixa sozinho com a Trix na casa da árvore. Ela não precisa se esforçar para mostrar o quanto está chateada, mas se esforça mesmo assim.

— Vai atrás dela — sugere minha amiga de outra dimensão. — Vocês precisam se resolver de uma vez, ninguém aguenta mais!

Respiro fundo umas dez vezes antes de seguir o conselho e ir atrás de Emma.

Ela está escorada na parede perto da porta.

— Você quer conversar, então vamos conversar! — Emma já não faz questão de guardar a raiva e avança para cima de mim. Meu Deus, eu deixaria essa mulher me destruir... Quero dizer... — No que você tava pensando?

— Eu... não sei. — Me sinto acuado. — Mas eu não sabia que sumiria por meses... pra mim foi só uns dias.

— Você nunca sabe, né? — ela continua gritando na minha cara. — Faz a merda e depois sai correndo.

Quer saber? Estou com raiva também.

— Eu sei que cometi um erro ao te beijar. Acho que você já deixou bastante evidente isso...

— Esse é o seu problema. Tudo se resume a esse maldito beijo. Se ele fosse tão importante, se *eu* fosse importante, você não teria corrido. Não teria fugido de mim como meu pai fez.

— Do que...

— Você me deixou, Cobra. — Ela começa a chorar. — Sozinha. De novo. Simplesmente foi para outra dimensão, porque ficar longe de mim aqui nesse mundo não bastava.

— Emma, eu acho que...

— Você não acha nada. — Caramba, eu nunca a vi chorar assim. Ela bate com o dedo no meu peito. — Você deveria saber... — Engasga. Eu a abraço e ela não me empurra, então a aperto contra mim para sentir que é Emma está aqui, brigando comigo. *Por que você foi embora?*

Nunca pensei que fosse possível chorar até em pensamento.

— Você tá errada, eu não fugi de você. Fugi de mim mesmo, como faço sempre. Fugi por medo de você me rejeitar, por medo de você me enxergar como o mundo me enxerga e gostar de algo que eu não sou.

— Então você não sabe de nada mesmo. — Ela se afasta e seca um lado do rosto. Rude como sempre.

— Emma, eu quero continuar sendo seu amigo. Sei que você não gosta de mim de um jeito romântico...

— Mas como você é *burro*! — Ela bate com o pé tão forte no chão que tudo treme. Algumas coisas caem dentro da casa da árvore, e Trix grita lá de dentro:

— Tá tudo bem. Nada quebrou.

Mas algo quebrou, e fui *eu* que quebrei. E não sei como consertar.

— O problema nunca foi você me beijar, foi você *fugir*. Você foge de tudo, Cobra, o tempo todo.

— Mas eu não quero fugir mais. — Tiro os óculos e fechos os olhos. Suprimo minha aparência de Cobra. Emma abre a boca, surpresa. — Eu posso fingir que sou normal agora. Eu posso me esconder, posso continuar fugindo. Mas não vou. Esse é quem eu sou. Não faz sentido fugir de quem a gente é. E, sim, eu sou burro. Sou mesmo. Mas... eu quero existir na *minha* pele. — Então eu deixo as escamas voltarem. — Dessa vez, eu quero ficar.

As lágrimas atrapalham tudo. Não consigo enxergar Emma direito, não consigo falar as palavras de um jeito certo. Mas vou dizer. Vou perguntar o que sempre deveria ter perguntado, mesmo que a resposta seja não:

— Você me aceita assim, desse jeito? Você me... ama?

— Eu fui pro *futuro* por você, fui pra outra dimensão... Você ainda *pergunta* se eu te amo?

— Você sabe que eu sou lento...

Emma segura meu pescoço com as duas mãos e eu acho que vai me agredir, como sempre. Mas então ela se aproxima, na ponta dos pés, e toca as escamas embaixo dos meus olhos com o polegar. Deveria ser crime alguém ser tão bonito. As sobrancelhas dela estão franzidas e tem algo doce no jeito como olha para mim. Ela me vê.

— É exatamente por isso que eu te amo, Cobra. Porque você é você. — *Ela me ama?* — E... se você fugir pela terceira vez, eu juro que te...

Eu não deixo Emma me ameaçar. Aproveito que estamos pertinho e a beijo um pouco desesperado demais, então nossas bocas se chocam em um selinho assustado. Ela me afasta rindo.

Nós somos ruins nisso de beijar, pensa, depois me puxa com cuidado.

A gente se beija devagar no começo, aprendendo. Meu coração está batendo tão alto que parece que vou morrer. Uma mão dela toca as escamas do meu braço esquerdo, a outra aperta meu pescoço, e eu a puxo pela cintura para que fique mais perto de mim.

Sinto tantas coisas ao mesmo tempo. A pele dela encostando na minha, o ar quente das nossas respirações, a maneira como seu lábio inferior se encaixa no espaço entre os meus...

Uma pausa. Eu a afasto para ver se é real.

O sorriso dela em tons de rosa me diz que sim.

Capítulo 9

Trix

Emma e Cobra ficaram conversando a noite inteira perto da árvore enquanto eu tentava dormir. Acho que cheguei a pegar no sono algumas vezes, mas nada muito profundo. Minhas costas ainda me incomodam demais. A coisa foi feia. Perdi tanto sangue que esvaziei o estoque da cidade vizinha, que já não tinha muito, e Emma ainda precisou doar mais para completar.

Acho estranho pensar que tenho o sangue dela nas veias agora.

É quase de manhã quando desisto de continuar deitada. Emma e Cobra agora estão dormindo abraçadinhos no chão de madeira. Acho bastante questionável esse castigo da doutora Andréia. Mas, com Emma por perto, ela deixa o Cobra fazer tudo. Fico olhando para eles por um bom tempo, sentada na cadeira branca, me perguntando como é possível me importar tanto com alguém.

Eu faria qualquer coisa para que eles sempre ficassem assim, perto um do outro, tranquilos ou brigando. Emma batendo no braço de Cobra por ser um não binário enxerido, ele pedindo tortas de frango porque vive com fome, e eu sorrindo sem saber direito por que sinto meu corpo inteiro no lugar, sem partes quebradas espalhadas por aí. Inteira e gigante. Enorme para caber dentro do meu próprio corpo, mas o suficiente para caber nesta casinha da árvore. Com eles.

Quando vejo os primeiros raios de sol entrando pela janelinha, saio porta afora, sentindo o calor na pele, e olho pela centésima vez para a mensagem que Mike me enviou pelo apitador.

> **Eu nunca vou te esquecer porque sei que vamos nos ver de novo. Ainda assim, estou feliz que tenha encontrado seus amigos. É diferente quando a gente encontra a nossa *casa*. Sei que você encontrou a sua, e é lógico que não seria aqui. Você nunca foi desse mundo, Paty. Sempre foi grande demais para caber numa dimensão só.**
> **Te amo.**
> **Até breve!**

Meus olhos se enchem de lágrimas de novo. Sempre fui fora de fase, mas achava que isso era algo ruim, que tinha algo de errado comigo. E me senti errada até chegar aqui. De algum jeito, meus pedaços se conectaram nessa dimensão, com duas pessoas que eu nunca tinha visto antes. É estranho pensar como realmente as pessoas se encontram umas nas outras.

E agora que encontrei o meu lugar, ninguém vai me tirar daqui.

Nenhuma Associação.

Nenhum governo.

Ninguém que tenha poder.

Esta é a minha casa e eu bagunçaria qualquer tempo e qualquer dimensão para mantê-la a salva.

Agradecimentos

É isso, eu não acredito que terminei esse livro (pela segunda vez). É sério, pensei que nunca fosse conseguir. Por isso, agradeço a Maria do passado por ter sonhado tanto em escrever sobre super-heróis no interior de Minas Gerais e por nunca ter desistido de acreditar nessa história. É estranho agradecer a mim mesma, mas é algo que aprendi que é importante. Afinal, sem mim... eu não estaria aqui. Tá feliz, Anitta?

Obrigada aos meus papis e aos meus irmãos (e cunhados) que são tão bons quanto a tia Jana, a Lili e a tia Andreia (juro, eu tenho essa sorte!).

Thaís, obrigada por me resgatar tantas vezes que eu já perdi a conta. Quantas dimensões você cruzou para me salvar? Quando todo mundo foi embora, você ficou. Você sempre fica. Quando eu desisti, você enrolou uma fitinha no meu braço e disse "fica por aqui". Você canta que é bonito me espiar viver, mas a verdade é que bonito mesmo é viver sob o seu olhar. Você é minha âncora, é minha razão. Eu te amo há doze verões, e quero continuar amando por todos os outros que virão. Todas as minhas histórias de amor são suas.

Agradeço aos meus leitores por me mostrarem que vale a pena continuar andando, mesmo sem saber exatamente para onde estou indo. Obrigada por me carregarem nas costas tantas vezes.

Vitória, Alex, Ananda, Giu, Sheep, Luanda, Nalaura, Nalu e Thay, vocês são o Sam do meu Frodo, eu amo vocês profundamente.

Também agradeço aos "pur" por dividirem comigo os percalços e as conquistas, por puxarem minha orelha e me ajudarem todos os dias. Especialmente a você, Clara Alves, por ser uma inspiração e uma mão estendida quando eu mais precisei. Por ser a primeira pessoa a acreditar que esse livro poderia ser melhor e chegar em mais pessoas. Você estava certa, como sempre.

Obrigada, Alan Silva, por se permitir existir junto comigo há tanto tempo, por ser a pessoa que me ouvia chorar às três da manhã enquanto todas as outras dormiam. E obrigada às minhas meninas, Bia, Teca e Julya, por acreditarem em mim desde... uau, caramba, já faz tempo!

Não poderia finalizar esses agradecimentos sem dizer meu muito obrigada ao Victor, por ser um ilustrador tão talentoso e por construir esses personagens comigo nas primeiras versões de Emma e Cobra.

À Thati Machado, por sempre confiar em mim mais do que eu mesma, e por querer me ver voando, não importa em que céu.

E à Rafaella Machado, por abraçar essa história, e a toda equipe da Galera Record por me ajudar a transformar esse livro em sua melhor versão.

Koda, eu não me lembro quando falei para você sobre essa vontade de escrever ficção científica, super-heróis e aliens pela primeira vez. Já perdi a conta de todas as vezes que confessei me sentir atrasada, como se a minha vida inteira fosse um peso agarrado dos meus pés, me impedindo de ir para a frente. Se procurar, acho a conversa em que você me disse que, eventualmente, eu me entenderia. E, para me entender, para me aceitar e respeitar aquilo que sempre fui e sempre quis ser, escrevi esse livro. Você me ajudou a ver que eu não estava sozinha abrindo caminhos e que era cansativo mesmo, mas que não tem problema querer parar. Você pegou a minha mão e me puxou de volta. Eu não escrevi nenhuma linha desse livro sem a sua voz na minha cabeça me dizendo que essa história tinha que existir. Por mim, por você e por todo mundo que, como nós, nunca se viu como um super-herói, nunca viu sua rua, sua estrada, sua casa numa história. Eu coloquei minha vida aqui, meus sonhos de adolescente, a pessoa que sou hoje. E peguei emprestado alguns pedaços seus pra completar. É nessa história que a gente deu as mãos pela primeira vez e isso me mudou para sempre. Obrigada... por tudo. Esse livro sempre será para você.

Com amor,
Maria

Cena pós-créditos

Cobra

A Emma está incomodada com alguma coisa, mas está evitando até pensar sobre isso. Não acho que seja sobre estarmos nos beijando bastante... porque conversamos muito sobre isso... entre um beijo e outro.

— O que foi, Emma? — Trix se irrita. — Você pode, por favor, parar de ficar andando que nem uma barata tonta?

— Eu deixei meu celular no fusca.

— Eu sei... — Ela estala a língua. — Tô bem chateada por ter deixado o fusca lá em 2018, inclusive. — Eu me sinto meio culpado, mas não falo nada. — Mas nós podemos tentar arrumar um celular novo pra você, né, Cobra?

— É...

— Mas não é esse o rolê. — Emma mexe nos pompons, dá uma mordidinha nos lábios, que parecem ligeiramente inchados se reparar bem. E, nossa, que vontade de... — Não tem como recuperar?

— Eu posso ver com o Noa, mas...

Emma abre um sorrisão tão bonito.

— Ai, que ótimo. Então faça isso! — diz empolgada. — Não que tenha algo de valor lá...

Tirando os números da Mega da Virada de 2021...

— O quê? — Arregalo os olhos.

— O que você fez, Emma? — Trix se senta no chão perto da árvore e encurva as costas.

— Talvez eu tenha anotado os números da Mega da Virada quando a gente estava em 2027.

Trix passa a mão no rosto.

— Mas era outra dimensão...

— É a dimensão dos seus amigos, não é? — Há uma sugestão no tom de Emma. — Não pode ser tão ruim assim ganhar uma graninha.

— Ter algum dinheiro pode ajudar bastante a gente. — Sou obrigado a concordar com a linha de raciocínio de Emma.

— E seria bom resgatar o seu fusca, né? — insiste.

— Ai, tá bom, vou mandar uma mensagem pro Noa. Mas não garanto nada.

Emma se senta com as costas apoiadas na árvore, ainda com aquele sorrisão aberto, e eu me encaixo entre ela e Trix.

— Os números estão anotados no bloco de notas do celular. Meu padrão de desbloqueio é um C de... — Ela olha para mim. — C de *Burro*.

Trix ri tanto que sente dor.

Tento me manter sério, mas acabo rindo também. Que saco!

— Você me ama, né? — Eu passo o braço por trás das costas de Emma e a puxo para perto.

— Amo, né? Vou fazer o quê? — E revira os olhos.

Sorrio e a aperto ainda mais contra o corpo.

Ergo o olhar e chamo Trix com a outra mão. Ela se deita de lado na minha perna e entrelaça uma das mãos de Emma.

— E o que a gente faz agora? — Trix pergunta.

— Fica junto — respondo, porque é o que parece certo. — Sem ir embora. — Passo a mão livre no cabelo de Trix.

— Sem fugir. — Emma dá um tapa na minha perna.

— E sem brigar — Trix completa, já rindo.

Eu e Emma gargalhamos também.

— Mas isso aí é impossível — Emma diz.

— Impossível é viajar no tempo, Emma — Trix rebate. — E a gente viajou.

Este livro foi composto nas tipografias Fira Sans,
Brevia, Marigny e Eixample Dip, e impresso em
papel off-white no Sistema Cameron da
Divisão Gráfica da Distribuidora Record.